KB035527

날
짜
변
경
선

날짜변경선

유연희
소설집

산지니

차례

어디선가 새들은

알래스카 만으로 들어서자 하늘이 비스듬하다. 북쪽 시정(視程)은 약 14마일, 서남쪽은 6마일쯤 될까. 회색 구름이 옅게 트인 북쪽 수평선은 멀고, 서남쪽은 가깝게 열린 시야가 마치 지구가 옆으로 비스듬히 누운 것 같다. 태풍이 지나가라고 슬그머니 몸을 수그리는 것일까. 하기야 지구도 23도 정도 기운 채 자전한다 했다. 견시를 하는 실습항해사의 얼굴에 미세한 불안이 깔려 있다. 기상도에는 똬리 같은 구름이 소용돌이치며 태풍의 눈을 휘감고 있었다. 나선형 소용돌이 주변으로 닭의 잔털 같은 구름 파편이 브리지 밖 하늘과 실습항해사의 얼굴에 흩어진 것 같다.

샌프란시스코 관측소에서 송신한 기상도에는 소리가 없다. 소리는 없는 게 아니라 인간의 청력대를 넘어선 굉음이 구름을 따라 휘돌고 있을 것이다. 소용돌이 기상도에 굉음까지 들린다면 이 저기압의 바다에 어찌 들어서랴.

벤쿠버 항을 출항할 때 따리오딘 갈매기들은 어제부터 보이지 않았다. 평소 같으면 선수창고와 마스트 부근에서 먹이 사냥을 하느라 부산할 갈매기들이 태풍의 조짐에 철수한 모양이다. 안드레이의 훼방에도 꿈쩍하지 않던 새들이었다. 고려인 후예인 러시아 선원을 동료들은 안드레이라고 불렀다. 경보만 울렸지 아직 실감할 수 없던 태풍인데 갈매기가 사라지자 기분이 묘했다. 갈매기는 통상 천 마일이 활동권이라는데 어제 아침, 새들은 천 마일에 이르기 전에 돌아갔다. 갈매기가 있으면 기상도를 체크하지 않아도 마음이 놓였다. 배가 육지의 자장권에 있고 여차하면 항구로 피항할 수 있으니. 첨단 과학이 잡지 못하는 자연의 기미를 감지하는 새들이 놀랍다. 인간도 자연의 일부지만 자연에서 오래전에 쫓겨난 자식들인지도 모른다. 인간이 잃은 감각을 간직한 생명체가 가까이 있는 것으로 갈매기는 위안이 되었다.

뱁니다!

실습항해사(실항사)가 소리친다. 한진해운의 컨테이너선이 수평선을 가리며 나타난다. 갑판에 가득 실린 컨테이너 때문에 배 아래쪽이 물에 잠겨도 속도가 빠르다. 16노트쯤 되려나. 자주색의 긴 배가 물뱀처럼 스쳐간다. 이렇게 고위도의 바다에서 우리나라 배를 만나면 무조건 반갑다.

이야. 빠르네요! 실항사가 감탄한다. 솜털 같던 불안도 사라진 얼굴이다. 우리 배는 12노트, 대양에서 느린 편이 아니지만 한진의 큰 배가 저리 빨리 달리니 내 눈에도 신통하다. 평상시라면 통신을 열어 어디서 왔느냐, 어디로 가느냐, 아침 메뉴는 뭐가 나왔나, 안부를 묻고 잡담도 건네지만 오늘은 피차 도망가기 바쁘다. 태풍이 오기 전에 영향권에서 멀어지려 달리는 것이다. 배가 빨리 달리니 사람이 고달프다. 시차 적응이 힘들고 할 일도 많아진다. 항해시간이 줄면 운항 경비가 절감되어 수당이 많아지지만 무리수도 생긴다. 나는 시차 때문에 식욕이 없고 잠도 잘 못 잔다. 선장은 체육관에 내려가 있을까. 키가 작고 호리호리한 해군 출신의 선장은 날씨가 궂으면 헬스장에서 운동을 한다. 선장이 기상도를 분석해 기관실과 브리지에 오더를 내린 후 태연하게 아령이나 흔들어 대면 선원들은 괜히 안심이 된다. 실항사가 쌍안경을 챙겨 들고 윙브리지로 견시를 나간다. 쌩쌩 달리는 한진의 배를 보고 기(氣)를 받았는지 조금 전 의기소침하던 모습이 아니다.

북쪽 바다는 처음이다. 전에는 동남아 노선을 주로 탔다. 울산에서 출항하여 샌프란시스코로, 샌프란시스코에서 하역 후 벤쿠버로 가서 화물을 싣고 다시 알래스카 만과 베링 해를 통과하여 부산으로 돌아오는 뱃길을 나는 이번에 자원했다. 러시아와 중국, 일본 등 주변국이 북극항로를 선점하려 혈안이고 회사에서도 북극항로를 염두에 두고 있지만 사관들은 험로를 기피했다. 사실, 항해사로선 저기압의 밭인 베링 해가 좋을 리 없다. 나도 아버지가 아니었으면 지금도 편안한 동남아 항로만 다니고 있었을 것이다.

고위도의 바다는 기상이 제일 무섭다. 차고 무거운 대기는 갑판에 나가기도 싫게 만든다. 윙브리지의 실항사는 쌍안경을 눈에 대고 수평선처럼 오르락내리락한다. 마치 놀이기구를 탄 것 같다. 옷자락과 머리카락도 바람의 깃대인 양 사정 없이 휘날린다. 육지에서는 놀이기구도 못 탄다던 실항사지만 배에서는 못 하는 게 없다. 바다와 배, 제도가 그렇게 만든다. 배도 사람처럼 힘겹게 물살을 헤친다.

처음 배에 오를 때 실항사는 도회의 기름기가 촉촉했다. 앳된 모습이 도방 서던 시절의 나를 기억나게 했다. 졸업을 하고 취직 자리를 찾아 헤매던 무렵, 해양대를 나와 항해사를 하던 친구 K가 배의 야간 경비를 알선해 주었다. 그게 '도방'이라는 건 나중에 알게 되었는데, 채권 관계로 법원에 압류된 배를 지키는 일이었다. 압류된 배는 밤에 시동을 걸고 몰래 도망가 버리면 찾을 길이 없다. 그래서 법원에서는 사람을 보내 배가 도망가지 못하게 감수보존을 하는데 비용이 만만찮아 아르바이트생을 쓰곤 했다. 그 알바를 '도방'이라 했다. 아버지도 정박한 배의 야간 경비를 서고 줄잡이를 했다. 입항하거나 출항하는 배의 홋줄을 묶거나 푸는 일은 숙련이 필요한 위험한 일이다. 탱탱한 마닐라 끈의 장력은 그 자체가 무기라, 밧줄에 튕겨 사고가 나거나 배에서 날아오는 히빙 라인(Heaving line)*에 치명적인 부상을 입기도 했다. 아버지는 어부들이 잡아 온 잡어를 노점상에 넘기거나 횟집의 칼잡이도 마다하지 않았다. 부두에서는 몸만 부지런하면 굶어 죽지 않아. 바닷일은 냄새나고 험하지만 육지에 비해 임금이 후하지. 자갈치 좌판 아지매들이 시장 바닥을 뜨지 못하는 이유가 바로 돈맛 때문이거든. 노상 읊지만 그렇다고 우리 집이 넉넉했던 적은 없었다. 내가 도방을 선 것도 보수에 혹해서였다. 하지만 실항사처럼 도회의 물에 푹 절었던 내가 항해사가 되어 먼 이 바다까지 오게 될 줄은 몰랐다.

한 덩어리 찬바람이 쏟아진다. 실항사가 브리지로 들어오려고 문을 잡고 씨름 중이다. 바람과 싸우는 실항사의 머리카락이 불불이 일어서고 브리지 안의 해도와 노트, 달력이 푸르르 떨리다 가라앉는 것과 동시에 실항사가 브리지로 잽싸게 들어선다. 파도는 하루에 팔천육백 번 정도 쳐댄다던가. 두 번째 항차에 접어들면서 실항사는 군살이 빠져 몸이 날렵해졌다. 바닥이 쉬지 않고 흔들리니 선원들은 다이어트가 필요 없다. 다이어

---

* 무거운 홋줄을 건네주기 위해 먼저 던져 주는 추가 달린 가는 로프. 던짐줄.

트는커녕 잠을 잘 때조차 롤링과 피칭의 요람 속이라 웬만해선 살이 오르지 않는다. 실항사가 뽀대 나게 날씬해진들 이 바다에선 눈길 줄 여자도 없다. 알류산 열도에는 유인도가 있지만 사고가 생기기 않는 한 우리 배는 기항하지 않을 것이다. 알류산, 유니막 수로, 베링 해, 북태평양…. 아버지에게 들어 왔던 단어다. 하지만 이제는 아버지처럼 빛을 잃는 말이기도 하다. 북극항로, 쇄빙선, 녹아내리는 빙하, 자원의 보고, 항로 단축 같은 용어가 기상 이변, 쓰나미, 원전 사고, 바다 오염 같은 단어와 같이 기름처럼 떠오른다. 이익만 생길 것 같으면 배는 어디로든 간다. 남, 북극이 아니라 지옥극까지라도 갈 것이다. 배가 있는 한 선원 또한 어디서건 생겨난다. 안드레이처럼.

갈매기는 어떻게 되었을까. 실항사에게 브리지를 맡기고 순찰을 나선다. 갑판 시설물 고박 상태, 선수창고와 배 구석구석을 짯짯하게 살핀다. 어제 저녁이었다. 담배를 한 대 물고 갑판으로 나갔다. 가끔 담배 생각이 났다. 텅 빈 갑판의 붙박이 재떨이에는 꽁초 하나 보이지 않았다. 태풍에 대비해 깨끗이 정리한 탓이었다. 두 손으로 담배를 감싸고 후갑판 쪽으로 걷는데, 로프가 감긴 무어링 윈치 드럼 밑에 작은 헝겊 뭉치 같은 게 보였다. 배의 부속물이라도 떨어졌나 싶어 가까이 가 보니 바람에 날리지 않고 고형물 같지도 않은 그것은 새였다. 날개를 접고 웅크린 갈매기 한 마리가 무어링 윈치 드럼 아래에 몸을 붙이고 있다가 내가 다가가자 살짝 떠올라 뱃전으로 몸을 피했다. 어째서 혼자 남은 걸까. 새들은 진작 철수를 했는데. 일행과 떨어져 있으면 어쩌자는 거지. 혹시 안드레이의 대걸레에 다친 놈인가. 그러고 보니 기우뚱 날아오르던 모습이 조금 둔한 것도 같았다.

안드레이는 갈매기가 항구에서 따라오는 꼴을 보지 못했다. 밴쿠버 항을 출항하면서 하얀 몸통에 날갯죽지만 회색인 깔끔한 갈매기 열댓 마리가 따라나서자 안드레이는 긴 대걸레를 치켜들고 위협했다. 아침 산책을 나갔다가 해치 커버 주변에 앉은 새를 휘젓는 모습을 보고 뭐라 만류할 수도 없었다. 갑판 청소는 안드레이의 몫이고 갈매기 똥은 차가운 기온에 얼면 치우기가 어렵고 배설물 냄새도 고약하다. 안드레이는 자신의 행동에 스스로 만족하는지 도망가는 갈매기까지 쫓아다녔다. 갑판원 입장에서야 성가실 것이다. 배의 기물과 사람들에게 물똥을 쏘고, 먹이 사냥한 쓰레기로 배를 더럽히고, 어떤 놈은 선원들의 위협을 겁내지도 않았다. 멀리 가지 않고 뱃전에 앉자 시침을 떼는 녀석을 보자 아버지가 생각났다. 강씨 손톱이 왜 그래? 하고 사람들이 물으면 아버지는, 이거? 일을 하다 보니 뭐…. 우물거리며 손을 감추었다. 아버지의 손톱은 백지처럼 허얬다. 마디가 툭툭 불거진 검은 손에 허연 손톱은 유난히 눈에 띄었다. 마치 물에 오래 불은 시체의 손톱 같았다. 혈색이 전혀 없는 허연 손톱을 사람들이 들먹일 때마다 아버지는 우물거렸고 엄마는 별것도 아니라는 듯 아버지의 항해사(航海史)를 늘어놓곤 했다. 북양의 얼음물이 얼마나 모진지 손톱부터 가더래요. 물귀신이 될 뻔했다지 뭐예요…. 내가 대학 일 학년 때 아버지는 북태평양에 명태를 잡으러 갔다가 그물에 엉켜 오른쪽 다리를 다쳤다.

그 후 아버지는 원양을 포기하고 부두에서 살았다. 뱃사람으로 산 시간만큼 바다를 떠나 살아도 손톱은 회복되지 않았다. 영양제나 보약도 소용없었다. 아버지가 여자라면 진한 매니큐어라도 발라 버리고 싶었다. 차라리 아버지의 절름거리는 다리는 견딜 만했다. 육교나 지하철에서 다리를 저는 사람을 자주 봐서 그런지도 모르겠다. 아버지의 허연 손톱은 죽은 생선의 어금니 같았다. 그것은 아버지의 마지막 바다를 딱 붙들고 있는 것 같고 오래전 악몽의 증거 같았다. 그런데 갈매기는 어쩌자고 혼자 남았을까. 아버지처럼 낙오되어선 안 될 일이다. 태풍이 몰려오기 전에 빨리 돌아가야 했다. 어서 힘을 내 일행을 찾아가라고 엊저녁, 식빵과 참치 조각을 갈매기가 올라선 뱃전에 놓아 주었다. 설마 그동안 안드레이에게 해코지를 당하지는 않았겠지. 후갑판의 무어링 윈치 드럼 주변을 훑어보았다. 없다. 빵조각과 참치만 갈색 바닥에 작은 부스러기로 남아 있다. 먹이를 먹고 날아갔구나. 다행이다. 안심하며 우현 갑판까지 둘러

보는데 조금 허하다. 육지와 너무 멀리 떨어져서인가. 오랫동안 땅과 떨어져 있으면 이상해지는 사람이 있다. 물속의 날치나 문어가 말을 건다고 우기는가 하면, 바닷새를 선실에서 애완동물처럼 키웠던 사람도 있었다. 보일러, 조수기 등 기계와 대화가 가능하다고 주장하다 정신병원에 입원한 기관부원도 보았고 나도 도방 설 때 비슷한 경험을 했다.

자갈치에서 친구가 말한 사람을 만나 막상 통선에 오르자 기가 막혔다. 작은 배는 나를 태우자마자 부두를 떠나 사정없이 망망대해로 달려가더니 수평선 끝에 묘박한 대형 화물선 밑에 턱 하니 내려놓았다. 밑에서 보는 배는 어마어마하게 컸다. 그럼에도 통선 선장은 갱웨이도 설치하지 않은 화물선을 줄사다리를 타고 올라가라고 했다. 어이가 없었지만 거기까지 가서 못하겠다고 할 수는 없었다. 이를 악물고 줄사다리를 타고 오르는데 통선 선장은 나의 두려움 따위는 아랑곳하지 않고 태연했다. 도방 섰던 첫날 밤을 잊을 수 없다. 춥고 무섭고 지겨웠다. 시간은 지독히 더디게 갔고 물은 내게 민얼굴을 사정없이 들이댔다. 육지의 새벽을 내 생애 그토록 목매어 기다려 본 적이 없었다.

도방을 서던 첫날 바다가 말을 걸어왔다. 밤이었다. 세상의 모든 밤을 한데 뭉쳐 놓은 것 같은 밤. 더디게 흐르는 시간의 행간을 파도가 끼어들었다. 그러다 문득 소리가 들렸다. 바람인지 파도인지 아니면 또 다른 무엇인지 정확히 알 수가 없었다. 너는 영영 취직하지 못할 거야. 세진이도 결국 너를 떠나겠지. 아버지를 언제까지 부두의 허드렛일에 방치할 거냐. 고개를 들면 미궁 같은 배의 내부가 시치미를 떼고 있었다. 긴 통로와 선실, 지하 감옥 같은 기관실 계단과 창고가 숨을 죽이고 있었다. 반대쪽을 보면 바람과 파도소리가 귀를 우비며 살아났다. 옛날 사이렌의 노래를 듣고 선원들이 이상해졌다는 이야기는 사실인 것 같았다. 그 후로는 도방을 갈 때 육지의 오락 거리를 한 보따리 들고 갔다. 음악 CD와 게임, 영화 CD나 만화책 같은 방패들. 더딘 아침이 어찌어찌 돌아와 통선을 타고 육지로 철수하면, 그리하여 바다 한가운데 묘박한 배에서 멀어져 육지의 자장으로 완전히 편입되면 배가 조금씩 객관적으로 보이기 시작했다. 그토록 끔찍하던 배가 조금은 초라하고 쓸쓸하게, 때로는 아련하고 아름답게 말이다. 아직도 나는 잘 모르겠다. 바다에서는 왜 육지와 시간이 다르고, 과거와 미래가 순간순간 뒤섞이고, 절대가 아닌 상대적인 시간에 갇히게 되고, 누군가에게 인생 전체로 멈추어 서는지.

당직을 마치고 오니 내 방이 엉망이다. 롤링이 20도 이상이라 방 안의 의자와 물건을 테이프로 고정시키고 나갔는데 당직을 서는 사이에 바다가 더 험해진 탓이다. 사물함에서 쏟아진 이

불과 베개, 소파 밑으로 구른 쓰레기통을 정리하고 이불을 감고 눕는다. 점심도 먹는 둥 마는 둥 했는데 선장은 허리를 세우고 밥 한 그릇을 다 비웠다. 김치와 몇 가지 반찬을 밥 위에 올려 선장이 꼭꼭 씹고 있으면 조리부원들은 황천에도 식사 준비를 대충 하지 못한다. 날씨가 험해지면 오히려 더 잘 먹는 선원도 있다. 날씨 때문에 일을 못하니 먹는 것을 밝히게 된다던가. 우리 배의 외국 선원들은 한식도 잘 먹는다. 하긴 백 프로 한식이라기보다 샐러드나 스테이크류가 곁들인 퓨전 한식이긴 하다. 우리 배에는 동남아 선원 외에 러시아 선원이 있다. 안드레이 코체르프 박. 고려인 후예인 그를 선원들은 안드레이라 부르는데 그는 한국말을 꽤 잘했다. 나는 그의 생활이 궁금해 벤쿠버에 입항했을 때 술을 사겠다고 제안한 적이 있었다. 러시아에서의 생활은 어떤지, 어떻게 한국 배를 타게 되었는지, 앞으로 계획이 무언지 그런 게 궁금했다. 하지만 그는 점잖게 사양했다. 고맙습니다. 그런데 나는 술 못 마셔요. 부끄러워하는 건지 조선 선조들의 체면 같은 것인지 가늠이 안 되었다. 안드레이는 상륙을 해도 관광을 나가는 것 같지 않았다. 대리점의 선원 휴게소에서 시간을 보내고 생필품 정도를 쇼핑하다 귀선하는 눈치였다. 돈이 없는지 아끼려는 건지 모르겠다. 상륙할 때 선원들은 두터운 점퍼 차림인데 안드레이는 홑겹 옷을 입고 까딱없이 다녔다. 살집 없는 몸은 조선족 같은데 추위에 강한 건 또 러시아 사람이다.

스프링 없는 침대가 나를 띄운다. 침대에 몸을 묶어 버릴까. 아버지는 북태평양 바다에서 잠을 자고 고기도 잡았는데 나는 갑판으로 나가기도 겁난다. 모포를 차내고 추리닝을 껴입고 복도로 나온다. 차라리 알래스카를 지켜보자. 한번은 부딪혀야 할 것 같은 아버지의 마지막 바다다. 아버지는 요양원의 침대에서 두 눈을 멀쩡히 뜨고 헛소리를 했다. …손톱이 하얗게 될 때까지 커피를 숭늉처럼 마시며… 얼음물에서 그물을 올렸어. 기름 탱크까지 명태를 채워서 귀국해야… 알지? 아버지는 손을 휘저으며 내 손을 더듬었다. 물기가 서린 눈은 호소하듯 간절했다. 나는 모른다. 아버지가 북양에서 보낸 망망한 시간을. 그리고 뒤늦게 내게 무엇을 호소하는 것인지도. 엄마는 갈매기를 쫓던 안드레이의 대걸레처럼 냉정하게 짜증을 부렸다. 그만해요. 그만큼 안 하는 가장이 어딨어. 무슨 호강을 시켜 주길 했나. 허공을 휘젓던 아버지의 손을 파리 잡듯 걷어 냈다.

선원들은 모두 선실에 틀어박힌 모양이다. 배의 신음만 통로에 서늘하다. 서너 걸음 내딛는데 복도 끝에 헝겊 뭉치 같은 게 보인다. 어라, 새다. 어제 그놈인가. 아직 떠나지 않았던가. 어딘가 숨어 있다 날씨가 험해지자 피해 들어온 모양이다. 복도 끝으로 포말이 하얗게 밀려든다. 피할 사이도 없이 갈매기는 샤워를 당하고 날개를 털어 푸르르 물방울을 분사한다. 갈매기 털은 방수 자켓 같아 젖지 않는다. 왜 떠나지 않았을까. 배에 남아 어쩌자는 거지…. 참 곤란하다. 친구 K처럼 길을 잃었나. 아니 나처럼 앞이 보이지 않았던 것인가. 친구는 항해사가 되자 케냐의 몸바사, 파푸아뉴기니의 포트 모르즈비 등 항로를 돌았다. 아프리카와 오지의 항구를 돌면서 K는 자신이 길치라는 걸 알게 되었다. 우리나라나 선진국에선 거미줄 같은 교통 노선과 네비게이션 덕분에 알 수 없던 거였다. 인터넷이 불통이거나 성긴 오지에 가서야 그는 자신에게 자연의 안테나가 없다는 걸 알았다. 일등항해사나 선장에게 국제적인 방향감각은 기본 자질이다. 항해사로 승진을 꿈꾸던 친구는 갑자기 나타난 벽을 보고 당황했다. 한동안 갈등했고 번민을 거듭한 끝에 우회로를 찾아내었다. 항해사를 작파하고 사립대 무역학과에 재입학했다. 친구는 대학에서 몇 년의 시간을 보낸 뒤, 지금은 해운회사에서 선박 브로킹을 한다. 나는 녀석과는 반대의 케이스다. 경영학과를 나와 겨우 들어간 얄궂은 회사에 다니던 중 아버지가 발병했다. 내 월급은 아버지 입원비도 되지 않았고 업무란 것도 지겹기 짝이 없었다. 별것도 아닌 일로 종일 상사에게 시달린 오후, 맥주 한 캔을 홀짝이며 해안로를 걸었다. 가슴이 답답하거나 울적하면 부두로 나갔다. 수평선에 걸린 배를 보며 평범하게 사는 게 힘들다는 데 진저리가 났다. 가깝거나 멀리 묘박한 배 사이로 작은 배들이 지나다녔다. 항구도시에서 뱃사람의 아들로 태어났지만 나는 바다의 겉모습만 보고 살았다. 육지 너머 바다에는 빈 통처럼 무지했다. 육지의 삶은 제 살 뜯어 먹고 사는 꼬시래기 꼴 같았다. K에게 전화를 걸었다. 나, 배 좀 태워 줘. 나도 모르게 약간 취한 목소리가 나왔다. 난 육지에서 길치인 것 같아. 잔업을 하던 중이라고 지쳐 전화를 받던 친구는 길치라는 내 말에 낄낄거렸다. 그래 그래. 세상에는 두 종류의 인간이 있지. 육지 멀미를 하는 인간과 바다 멀미를 하는 인간 말이야. 친구의 주선으로 항해사 과정을 이수하고 바다로 나오는 동안 아버지는 일반 병원을 거쳐 요양병원으로 들어갔다.

만일 안드레이가 갈매기를 발견했다면 어떻게 했을까. 당장 잡아 구워 먹었을지도 모르겠다. 갑판원 안드레이는 항해에 방해가 되는 것에는 거침이 없다. 갈매기라고 예외가 아니어서 갈매기 요리까지 들먹였다. 지중해 어디에 갈매기 요리만 전문으로 하는 고급 식당이 있다고 했다. 헤밍웨이도 한때 갈매기를 잡아먹고 살았다는 얘기까지는 꺼내지 않아 다행스러웠다. 나호트카 출신인 안드레이는 아는 것이 많아 동료들 사이에 제법 인기가 있었다. 고려인 3세라는 그에게는 러시아인과 고려인의 모습이 뒤섞여 있어, 친근한 고려인의 모습에 가까이 가면 러시아인의 모습이, 러시아인으로 대하면 고려인의 체취가 느껴졌다.

선수 쪽부터 배가 천천히 들린다. 배가 파도의 등성이를 오른다. 나는 복도의 난간을 틀어잡는다. 무어링 윈치 드럼 아래 붙었던 갈매기처럼 몸도 벽에 갖다 붙인다. 물마루를 타고 배가 쑥 달려 올라가자 숨이 멎는다. 붕 떠오른 순간 머릿속이 아버지의 손톱처럼 하얗게 빈다. 복도 귀퉁이의 갈매기도 눈에 들어오지 않는다. 심장이 팥알 크기로 졸아드는데 배는 한참 후에 파도의 계곡으로 쏟아진다. 우지끈 쿵쾅. 갑판에서 무언가 깨지고 터지는 소리가 쇠배의 신음과 함께 그악스런 물소리에 파묻힌다. 하이타이를 푼 것 같은 허연 물살이 갑판을 뒤덮으며 복도로 쏟아지자 갈매기가 물미끄럼을 탄다. 검은 물과 하얗게 날을 세운 파도와 바람의 협공. 차라리 우아하다고 해야 하나. 내가 탄 배가 아니라면 영화의 한 장면이라면 충분히 볼 만한 비장한 영상일 것이다.

한 차례 고비를 넘긴 배는 속력이 떨어진다. 맞바람 속에서 항진해 오던 배는 탈진해 거북이가 된다. 그러더니 잠시 후 제자리에서 맴돈다. 머리 위의 전등이 파르르 떨리더니 픽 나가면서 어둠이 떨어진다. 갈매기가 신호라도 받은 것처럼 날아오른다. 너른 대기로 피하듯 물천지의 복도를 빠져나간다. 나도 얼른 따라나선다. 바람이 숨부터 막는다. 파도의 끝자락마다 하얀 이를 드러내고 바다가 끓는다. 이백 그램이나 될까. 회색 하늘에 떠오른 갈매기가 세찬 바람과 들끓는 바다를 호흡한다.

역시 바닷새다. 저 작은 몸속에 어떤 정교한 장치가 있어 대기를 읽는 걸까. 이제는 복도 귀퉁이에서 바람을 피하던 볼품 없던 녀석이 아니다. 히뿌연 대기 속에서 바람을 가늠하던 녀석은 사선으로 솟아올라 수평선의 한 점을 겨냥해 날개를 편다. 마치 마지막 인사를 건네는 것처럼. 그리고는 몇 번 날개를 휘젓더니 사라진다. 보이지 않는 구멍으로 스며들어 간 것 같다. 어디로 갔을까. 녀석이 있던 자리에 비말만 습기처럼 술렁인다.

가물가물한 수평선으로 꼬물꼬물 작은 점이 보였다. 보일락 말락하던 점이 조금씩 가까이 다가오자 해안의 사람들이 손을 멈추고 지켜보았다. 새 떼다! 누군가 외치는 사이, 가까이 다가온 새 떼는 하늘을 뒤덮으며 선회했다. 먼 늪과 숲을 스캔한 새들이 하늘을 메웠다가 커다란 타원의 무리를 이루며 바다 쪽으로 사라지자 아이들이 발을 굴렀다. 새야, 새야, 어디로 가니? 새야 새야, 나도 가고 싶다. 나도 가고 싶어. 새들이 습지와 숲을 향해 날아가고 난 한참 후에야 빈 수평선에 꼬물거리는 게 보였다. 사라진 새 떼를 아쉬워하던 사람들은 호기심에 가득차 천천히 다가오는 표류물을 지켜보았다. 너덜거리는 돛, 지옥을 건너온 것 같은 몰골의 항해자들이 육지로 다가왔다. 여기가 어디요? 당신들은 대체 누구시오? 호기심과 경계를 더께처럼 껴입은 사람들은 이방의 언어로 주절거렸다. 무성한 수염과

더럽고 지독한 냄새, 온몸의 허연 소금기와 퀭한 눈은 긴 항해
에 지친 사람의 몰골이었다. 몸짓과 표정, 모래 바닥에 그린 그
림으로 곡진한 대화를 나누고야 그들이 새를 쫓아 바다로 나선
방랑자라는 걸 알게 되었다.

　나침반이나 과학적인 항해 도구가 없던 옛날, 돛과 노(櫓)와
튼실한 근육이 전부이던 시절, 누군가는 식량과 물을 싣고 바
다로 나왔다. 푯대는 새였다. 새가 어디로 가는지, 왜 날아가는
지, 어디로 가서 무엇을 하는지, 새가 날아가는 세상의 끝은 어
디인지, 호기심과 항해의 충동으로 피가 근질거리는 사람들을
주변에서는 미쳤다고 했다. 붙잡고 매달리던 그들의 어떤 여자
는 기다리지 않겠다고 표독하게 선언했고, 어떤 가족은 눈물로
안녕을 기원했다. 항해의 주술에 걸린 그들은 모든 것을 뿌리치
고 호기심의 바다로 들어섰다. 후한 보수에 매수된 자, 범죄에
연루되어 도망치는 자도 일행 중에는 있었다. 바다 건너 보물섬
을 꿈꾸는 야심가는 대개 항해의 리더였다. 제각기의 이유와 목
적으로 일군의 무리는 어쨌건 출항을 감행했고 그곳이 어디인
지 얼마나 먼지, 돌아올 수 있는지 기약도 없이 바다로 나왔다.
항로의 유일한 나침반은 새였다. 한바다에서의 좌절과 방황. 표
적물을 놓치고 새로운 새를 만나기까지의 혼란, 수없는 항로의
변경과 갈등, 배신, 폭풍과 황천, 갈증과 기아에 주검도 부지기
수였다. 죽도록 후회해도 돌이킬 수 없는 가혹한 항해였다.

그 사이 육지에서는 철새가 나타나는 계절이 돌아왔다. 언제나처럼 알 수 없는 곳에서 새 떼는 왔다가 신기루처럼 몰려갔고 너덜거리는 돛과 지친 이방인들은 새 떼가 끌고 온 그림자였다. 지구 어딘가에서 건너온 방랑자들은 알 수 없는 언어만큼이나 비현실적이었다. 손짓과 그림으로 이해한 내용도 그러하지만 뭍의 사람들은 자연에서 배운 경험으로 알고 있었다. 저 찬연한 석양이 어둠이 내리면 스러지고, 하늘을 메운 철새도 꿈처럼 흩어지듯, 이방의 항해자들도 무지개처럼 사라질 존재라는 것을.

바다는 폭풍 속이다. 달은 수평선에 가려 바다에는 가냘픈 빛조차 없다. 배가 북위 50도를 넘어 북상하자 대기온도가 6도 이하로 떨어졌다. 휘파람 소리 같고 귀신 울음소리 같은 해명(海鳴)만 천지를 울린다. 기관실에 비상이 걸렸다. 선장은 자동화로 무인 당직이던 기관실에 당직을 배치했다. 장벽 같은 파도가 선체를 뒤덮으며 쏟아져 내린 후, 실항사는 시차를 조정해 겨우겨우 뚫고 나온 폭풍의 바다를 21시에서 20시로 시계 바늘을 돌렸다. 브리지의 시계를 조정하면 배 안의 다른 시계는 전부―삼십여 개 정도 된다―자동으로 조절되었다. 바람을 맞으며 헤쳐 나온 바다가 과거로 돌아가는 것도 허무한데 근무시간이 한 시간 연장되니 고달팠다. 8시부터 12시인 야간 당직을,

실제로는 다섯 시간 섰고 교대를 해도 잠이 오지 않았다. 이 바다만 벗어나면 괜찮다고, 유니막 수로까지만 견디자며 자신을 다독이다 이불을 차고 브리지로 다시 간다. 일등항해사와 조타수 외에 세 사람이 먼저 와 있다. 선장과 갑판장, 실항사가 보인다. 수고 많습니다. 인사를 받는 얼굴이 모두 어둡다. 선장은 해도(海圖) 테이블에 붙어 기상도를 살피는 중이다. 배의 속력이 3노트, 풍속이 59노트에 파고가 10미터로 예보되어 있다. 아, 잠 좀 자야 하는데…. 실항사가 부석한 얼굴로 하소연이다. 나도 눈알이 뻑뻑하고 뒷머리가 무겁다. 그때 브리지 문이 열리더니 흠뻑 젖은 안드레이가 들어선다.

선수창고에 물이 찼어요! 찬바람 함께 들어선 그의 목소리까지 떨린다. 경보기도 떨어져 나간 거 같아요! 안드레이의 얼굴과 머리, 어깨에 물기가 축축하다. 아니 이 밤에 갑판에 나갔단 말이야? 갑판장 배 씨가 기겁을 한다. 잠이 안 와서 내다보다가… 허리에 밧줄을 매고 나갔어요. 실항사가 벽에 걸린 수건을 떼어 얼른 건네준다. 이 사람이! 그래도 미끄러지면 어쩌려고! 선장도 놀란다. 선수 창고에는 중요한 기물과 자재가 많고, 모터가 손상되면 큰일이다. 기관장을 불러. 날이 밝는 대로 배를 돌려야겠어. 조타수가 기관실 직통전화를 들어 선장의 지시를 전달한다. 선수 창고의 물을 빼기 위해 길을 되돌아간다고? 온종일 고생한 항해가 무효다. 맞바람을 뚫고 나온 시간만 과

거로 가는 게 아니라 가까스로 건너온 뱃길도 도로묵이다. 바
다엔 절대가 없다. 어둠에 앞뒤가 없듯 길도 시간도 현재의 연
장이 아니다. 현재와 과거가 뒤섞이는 공간에서 조정할 것은 시
차(時差)가 아니라 시차(視差)인지도 모르겠다. 이젠 나를 데려
가겠대. 내 차례라는 거야. 아버지는 자신이 잡은 고기들이 당
신에게 복수하러 왔다고 우겼다. 의사는 아버지를 치매라 했다.
…우리만 그랬던 게 아니야. 다른 배도 그랬다고. 기름을 바다
에 쏟아 버리고 그 자리에 고기를 채워 넣었지. 우리도 기분이
더럽지만 어쩌겠어. 위에서 시키는 일이고 아들놈 대학 보내려
면… 응? 알지? 젠장. 기름 바다가 그 시커먼 덩어리가 언젠간
복수할 줄 알았다고. 완치는 못해도 진행은 막는다는 의사의
치료 덕분인지 아버지는 딱 그 지점에서 허연 손톱을 휘저으며
같은 말을 되풀이했다.

　감기 들기 전에 옷부터 갈아입어. 온몸을 떨어대는 안드레이
를 선장이 채근하자 갑판장이 그를 데리고 나간다. 참 대단한
친구예요. 일등항해사가 그들의 뒤통수를 보고 말한다. 그러게
말야. 평소에는 얌전하다가 난바다에서 대단해지는 사람이 있
지. 잠시 조용해진다. 자신은 어떤 사람인가 가늠하는지도 모른
다. 선장이 슬며시 눈을 감는다. 거뭇한 눈자위로 예순의 피로
가 얹힌다.

　이 바다가 고비야. 유니막 수로까지만 가면 안심인데…. 눈

을 감은 채 선장이 중얼거린다. 잠이 올 리가 없다. 알래스카 반도 끝에 있는 저기압의 무덤인 유니막 섬이 코앞이다. 화산섬인 유니막 섬에는 미 해양경찰대의 통신대도 있다. 아버지에게 북양은 애초에 무리였을까. 바다는 어디건 어렵다. 연안이건 원양이건. 하지만 미지는 도전이자 유혹이기도 했으리라. 율리시스, 콜럼버스, 아틸라 등은 태양의 운행을 쫓아 동에서 서로 항해했다. 해가 지는 서쪽에 미래가 있을 거라 믿고, 자신의 한계를 인정하지 않은 채로 태양이 어디로 가는지 궁금해했다. 반대로 태양이 어디서 오는지, 해의 근원이 궁금했던 마르코 폴로, 나폴레옹은 서에서 동쪽으로 키를 잡았다. 그러자 남겨진 바다가 북과 남이었다. 역사의 주인공들이 범접하지 않은 온화한 남쪽은 휴식과 평온의 공간이지만, 차고 매서운 북쪽은 모두가 기피하는 지옥의 바다였다.

내가 마지막 세대야. 나와 같이 고생했던 선원들은 여기에 없어. 진짜 뱃사람들이 없어졌어. 다들 돈 때문에 배를 탈 뿐이지…. 선장의 어조에 회한이 서린다. 바다에서 고생을 해 봐야 진짜 뱃사람으로 거듭나는데 그 자리는 전부 동남아나 러시아 선원들 차지야. 인건비가 훨씬 싸니까 말야. 그 사람들은 지금 어디서 무얼 하고 있을까. 선장은 가느스름한 눈으로 정신없이 돌아가는 뷰파인더를 본다. 회전창 사이로 요양소에 앉은 아버지가 보인다. 검은 물살이 쉬지 않고 브리지를 두들기고 배는 요동친다. 우리는 입을 닫고 촐싹거리는 배에 종이처럼 붙어 바깥의 아우성을 견딘다. 진짜 뱃사람, 영웅은 아니어도 핏속까지 바닷물이 든 아버지는 배에서 돌아오면 새벽잠에 취한 나를 깨워 곧잘 낚시에 데려갔다. 주전자 섬이나 오륙도에 쭈그리고 앉아 추위에 떨며 입질을 기다리면 아버지는 깡소주를 홀짝이며 내게 엉뚱한 질문을 던지기도 했다.

아들. 고기 새끼를 보면 니는 무슨 생각이 드노? 유머 감각도 별로 없으면서 술이 들어가면 입이 가벼워지는 아버지였다. 난 말이다…. 물속을 돌아다니는 고기들이 정자로 보인다. 알제? 니처럼 싱싱한 머스마의 정자 말이다. 그런 거 안 같나? 피―. 나는 코웃음을 쳤다. 같잖은 말이었다. 겨우 그런 생각밖에 못 하니 배나 타지. 속으로 비웃었다. 새벽빛에 부푼 바다는 정자는커녕 우리에게 관심도 없는 도무지 알 수 없는 존재였다.

그렇다. 아버지 말이 맞을지도 모르겠다. 정자는 계속 생기니 죽은 고기는 잊어버리라고 아버지를 힐난했던 내가 어리석었다. 문제는 아버지 같은 졸병이 아니라 위의 큰손들이다. 온갖 쓰레기와 방사능 물질을 유출시키고 궤변을 늘어놓는 작자들. 바다에 러시아냐 미국이냐 경쟁하며 국경과 국적을 나누어 북극항로에 침 흘리는 자들은 아버지가 죽인 고기나 쏟아 버린 기름 따위에 관심도 없다고 잘난 체했던 내가 어쭙잖았다.

그렇습니다. 선장님. 일등항해사가 차분하게 응수한다. 세대가 바뀌었어요. 이제는 무모하게 도전하기 전에 문제를 해결합니다. 방법을 먼저 찾고 나서지요. 선장이 쿨렁이는 브리지에서 까닥 않는 일등항해사를 돌아본다. 무모한 도전이라? 그래. 일항사. 자네 말이 맞아. 우린 정말 무모했어. 선장이 얕은 한숨을 내쉰다. 그런데 이 발밑이 바로 무덤이야. 이 바다가 거대한 해저 묘지이자 박물관이라고. 지금 우리가 베링을 건널 수 있는 것도 여기가 북망산(北邙山)이 된 무모한 선원들 덕분이네. 예, 예. 일등항해사가 고개를 주억거린다. 얼른 끝내고 싶은 것이다. 우르릉 쾅쾅쾅. 키를 세우며 달려오던 거대한 물벽이 기어이 브리지를 덮친다.

아침 갑판이 부산하다. 어제의 파도에 숨었던 갑판원들이 죄다 나와 수리 작업을 한다. 배가 좌우로 15도씩 흔들리고 파도가 6~7미터, 남풍 40노트, 속력은 8노트다. 선창에 물이 들어간 것 외에 선수 3번 창의 통풍 덮개가 넘어지고 마스트의 항해등이 절단되고 후갑판의 붙박이 의자와 쓰레기통이 찌그러져 바다에 떠내려갔다. 오늘 새벽, 내가 잠든 사이에 11미터 파고가 알래스카 만의 동부 해안으로 빠져나갔다. 선장은 기관장과 의논해 배를 덜 흔들리는 방향으로 돌려 선창의 물을 뺐고, 갑판 정리하는 팀의 수리 용접 불꽃이 두 시간 동안 파박거렸다. 주황색 안전모를 쓰고 마스트로 올라간 사람은 안드레이였다. 15

도씩 흔들리는 20미터 높이의 공중에 올라가 정박등을 철거할 수 있는 사람이 흔하랴. 선장이 브리지에서 팔짱을 끼고 지켜보다 안드레이가 내려오자 조리장을 불러 점심을 특식으로 준비하라고 지시했다. 예. 알겠습니다. 배가 나온 조리장이 자신있게 대답하는데 갑판장이 들어와 수리가 끝났다고 보고했다.

출항 칠 일째. 새로운 일이 생기지 않으면 내일 오전쯤 배는 베링 해로 진입할 것이다. 날씨만 좋으면 닷새면 건널 수 있는 알래스카 만을 이틀이 더 걸렸다. 기상도는 새로운 저기압을 예고하지만 워낙 힘든 항해를 거친 후라 배 안은 은근히 축제 분위기다. 저기압의 바다는 하루를 예측하기 힘들지만 뱃사람은 지나간 고통을 털어 버리는 데 명수다. 그래야 견딜 수 있으니까. 이제 베링 해로 들어가는 첫 관문인 유니막 수로까지 배는 달릴 것이다. 입구까지가 고비다. 기관실에서 오랜만에 기관 속력을 최고 118회전으로 증속시키겠다는 보고가 올라온다. 롤링을 타던 배가 속력이 올라가자 흔들림이 조금 줄어든다.

오후 한 시, 배는 서쪽으로 기울어 항해 중이다. 깨끗해진 갈색 갑판의 마스트 위아래로 하나둘 배들이 나타난다. 베링 해로 들어가려는 배들이다. 어디에 있다 나타나는지 각양각색의 배들이 10마일 폭의 수로로 들어가기 위해 모여든다. 대부분 북미에서 건너왔을 것이다. 유니막 섬의 화산 봉우리를 생각하자 벌써부터 설렌다. 하얀 눈모자를 쓴 화산은 항해의 피로를 씻

어주고 청정한 대자연은 위로와 감동을 준다.

　식사하러 가세요. 생선회가 나왔어요. 안드레이가 마늘 냄새를 풍기며 다가온다. 어젯밤, 브리지에서 바닷물에 떨던 그는 오늘 마스트의 영웅이다. 소주 냄새도 물큰 난다. 마스트의 영웅이 아니라 선장이 그리워하던 그 옛날 선원의 모습같다. 내 아버지의 북양 모습도 저랬을 것이다. 이번에 상륙하면 소주가 아니라 보드카를 마시자고 해야지. 벤쿠버에서처럼 발뺌을 해도 이젠 어림없다. 이 알큰한 알콜 냄새라니. 알래스카 연어라도 나왔나. 다 먹어 버리기 전에 빨리 가봐야지. 식당으로 가려다 문득 그의 손톱이 궁금해진다. 안드레이의 손을 힐끗거리는데 선수 쪽에서 종이 같은 게 날아오른다. 이야. 안드레이가 먼저 소리친다. 선수 파도 사이로 빠져나가는 것은 새다. 어? 잿빛 날개 꼬리의 갈매기가 어제의 그놈인가. 저 녀석이 어디에 숨어 있었지? 안드레이가 새를 따라 뛴다. 저것 보세요. 알래스카 쪽이에요. 역시 안드레이의 눈이 빠르다. 그렇다. 갈매기가 비상하며 날아가는 쪽은 분명 우리가 겨우 빠져나온 알래스카다.

붉은 용골

이것인가. 지구의 용골이? 그러니까 사람으로 치면 등뼈 같은 것. 배 밑바닥의 이물에서 고물까지 이어진 중심선. 나는 지금 주황 불빛의 드넓은 야드를 걸어 하늘의 거인 갠트리* 앞에 서 있다. 대기는 아직 깨어나지 않았고 붉은 갠트리는 희미한 어둠 속에 잠들어 있다. 마치 오래전부터 잠자는 버릇이 들어 있던 동물처럼. 호주머니에 두 손을 지르고 CG-5를 올려다본다. 내가 CG-5를 맡게 될 줄 몰랐다. 수년 동안 지브 크레인을 몰았으니 언젠가는 갠트리로 올라갈 거라 믿었지만 강이 조종하는 크레인이 내게 떨어지리라 예상하지 않았다. 그만큼 강은 베테랑이었다.

_____

* 수평 빔(beam)의 중간에 넓은 간격을 두고 지지대를 내려 다리 모양으로 만든 구조물.

바다는 해수면을 수제비처럼 조각조각 떼어내 어둑한 하늘로 되쏘고 육지보다 먼저 깨어난 바다는 연신 소리를 뱉는다. 네모지게 쌓인 콘테이너 박스의 행렬과 해안가에 도열한 붉은 크레인 10기, 그 옆으로 반듯반듯한 구획 안에 정렬된 노란 지브 크레인과 트레일러들. 검푸르게 흔들리는 바다와 쌍둥이처럼 비슷한 빛의 하늘. 바다의 끝자락부터 시작되는 산. 그 아래에서 별처럼 촘촘한 도시의 불빛들…. 오늘은 파나마 선적, 광탄선 캐이프제로 호를 하역하는 날이다. 내가 투입되기 전 GC-5는 오랜만에 휴식을 가졌는데 그건 어처구니없는 사고 때문이었다. 강이 인명사고를 내는 바람에 명절이나 크리스마스, 연말연시, 강추위나 지독한 더위에도 쉬지 않던 크레인이 고철처럼 묶여 있었다.

남미에서 쏟아져 들어온 환적화물 때문에 연속 근무를 하던 날, 나는 지브 크레인을 몰며 야드를 돌고 있었다. 고정된 갠트리 크레인이 접안한 배에서 컨테이너를 들어내 트레일러에 얹어 주면, 트레일러는 넓은 하역장에서 지브 크레인이 있는 지정된 장소로 이동한다. 이동식 크레인인 지브는 도착한 트레일러에서 다시 화물을 들어내 오더를 받은 위치에 적재했다. 하늘 한쪽이 허옇게 틔어 왔다. 그러건 말건 눈앞에선 갠트리가 철거덕거리고 컨테이너 박스는 공중에서 윙윙 도는데 작업하던 10기의 크레인 중 강철 팔 하나가 너울거리는 거였다. 크레인이

너울거리다니. 그것도 이십 피트짜리 컨테이너 박스를 매단 채로…. 피곤해서 눈에 이상이 생겼나. 나는 지브를 멈추고 눈을 부빈 후 다시 보았다.

붉은 갠트리의 팔 하나가 공중에서 춤을 추고 있었다. 강이 조종하는 GC-5였다. 멀거니 그 광경을 올려다보았다. 희뿌연 대기와 컨테이너를 가득 실은 배. 그 너머의 바다까지 GC-5의 율동에 배경이 된 것 같았다. 낮은 한숨이 새어 나왔다. 쇳덩어리도 잘 다루면 저렇게 유연하구나. 강이, 사우디까지 파견되었던 베테랑이란 말이 실감났다.

어린 시절, 아버지의 조선소에서 용골을 보았다. 길게 뻗은 배의 세로축이 용골이라 했다. 부두에 딸린 조선소에서 용접일을 하던 아버지에게 심부름을 가면 배들이 온갖 모습으로 널브러져 있었다. 드라이독에 오른 배에서부터 뱃구레를 훌렁 드러내거나 뒤집힌 배, 반으로 쪼개진 배도 있었다. 배의 구조나 부속엔 관심이 없고 친구들에게 얼른 놀러 갈 궁리로 바쁘던 나이였는데, 어느 날은 밑바닥이 드러난 배 앞에 멈추어 섰다. 그닥 큰 배는 아니었는데 부서진 갑판 아래로 이물에서 고물까지 이어진 세로축이 고스란히 드러나 있었다. 사람의 등뼈 같았다. 어린 마음에도 함부로 볼 수 없는 광경을 보는 것 같아 발이 떨어지지 않았다. 담배를 피우며 쉬고 있던 아저씨가 머리를 쓰다듬어 주었다. 아버지 심부름 왔구나. 이 용골이 배가 큰 바다에서 풍랑을 만나거나 기우뚱거릴 때 중심을 잡아 준단다. 쉬이 떠나지 못하는 내게 아저씨는 자세하게 설명도 해 주었다. 어제 저녁, 무심코 집어든 『우리의 바다』라는 잡지는 오래전에 발행된 것이었다. 뭐 이런 잡지도 있었나 하며 후루룩 책장을 넘기니 크레인 사진이 보였다. 붉은 갠트리가 다리를 벌리고 서 있고 그 뒤론 은박지 같은 바다가 있었다. '…부두는 도시의 현관이다. 적의 군함이 제일 먼저 나타나는 무방비 지역이고 당신들은 도시의 파수꾼이다. 부두에는 여자와 술이 없다. 바다는 해자가 아니다. 그냥 대포를 앞세우고 밀고 들어오면 되는 곳이라 여자와 술이 없는 것이다. 재산과 여자는 깊은 곳에 숨기는 법이니….' 나는 기사를 건성건성 훑다가 잡지를 덮었다. 여기자가 쓴 기사 같았다. 그나저나 취재원은 크레인에 한 번 올라가 보기나 했을까. 사무실에 앉아 자료를 챙기고 인터뷰 몇 마디로 기사를 만든 건 아닐까. 캐빈에 들어가 하늘의 거인을 한번이라도 체험하고 신새벽에 쇳덩어리들이 숨 쉬는 장면 정도는 봐야 부두 분위기를 맛이라도 보는 건데 말이다. 바다를 뜯어먹고 사는 사람들은 바닷일에 환상이 없다. 부두도 마찬가지. 과거로 돌아갈수록 부두의 전력은 살벌해서 나 역시 부두에 딸린 조선소에서 용접일로 먹고사는 아버지를 부끄러워하며 자랐다. 결국 나도 부두에서 먹고살게 되었지만. 하지만 강의 크레인이 춤추는 것을 보자 마음이 바뀌었다. 그까짓 크레인이라는 시건방이 강의 작업을 보고 난 후 사라져 버렸다. 어제는 화공약품이 든 컨테이너를 선적했다. 본래는 두 시간 작업 후 교대하지만 독극물이고 폭발 가능성 있는 화물이라 삼십 분 빨리 교대했다. 삼십 분이 단축되어도 나는 두 시간보다 길게 느껴졌다. 평소처럼 음악이나 라디오를 듣지 못하고 신호수와 잡담도 하지 못하니 지루하고 답답했다. 캐빈을 열고 나오자 바깥 공기가 후려치듯 신선했다. 오염되지 않은 고공의 공기는 세차고 강하다. 처음엔 숨쉬기 힘들지만 고공의 압력에 익숙해지면 지상의 공기가 오히려 밍밍하고 답답하다. 저녁엔 회사 앞 '골목집'에서 신호수와 매운 소주에 낙지볶음을 먹었다.

강 씨는 뭐하고 있을까?

낙지양념을 벌겋게 묻힌 신호수가 물었다. 나도 몰랐다. 강은 사고 이후 부두의 화제가 되었다. 글쎄요. 바닥에 졸아붙은 전골을 긁어 밥에 비볐다. 양파와 당근, 풋고추, 야채가 팔십 프로 이상인 낙지전골은 맵고 걸죽했다. 그 인간, 또라이 아냐. 도대체 그런 말은 왜 하냐고. 그러니 여태껏 홀애비지. 소주잔을 털어 넣으며 신호수가 이죽거렸다. 나랏님도 돌아서면 욕하는 터라 나는 동조도 태클도 걸지 않고 밥만 우물거렸다. 강의 실언은 사무장이 매끈하게 해결했다고 들었다. 밖에서 먹는 밥은 묘하게 빨리 배가 꺼진다. 그래서 술잔을 들기 전에 밥부터 한 공기 해치우면 애주가인 신호수는 못마땅해했다. 하지만 어쩌라. 먹고살기 위해 일을 하는 건데.

인물 좋고 기술 좋지만 알고 보면 강은 겉똑똑이야. 안 그래? 덕분에 자네만 횡재했네. 마악 입에 들어갔던 숟가락이 덜컥, 씹혔다. 강의 애마가 자네에게 똑 떨어졌으니? 신호수가 빙글거렸고 나는 숟가락을 내려놓았다. 함부로 말하지 마세요! 밥알 몇 개가 내 입에서 튀어 나갔고 물주전자를 들고 오던 골목집 주모가 멈칫하고 나를 보았다.

하늘을 떠받치는 크레인의 다리를 오른다. 브이 자를 거꾸로 엎어 놓은 형상의 크레인 다리에 사람 하나가 오를 만한 철제 계단이 있다. 계단을 다 오르면 GC-5의 어깨까지는 엘리베이터가 기다린다. 건장한 사내 두어 명이 들어서면 꽉 차는 엘리베이터는 페인트칠이나 장식이 전혀 없는 알짜 쇠통으로 군데군데 녹이 피어 있다. 버튼을 누르자 쇠통이 나를 갠트리의 내부로 빨아들인다.

터진 속살처럼 녹이 핀 쇠통은 갠트리의 수관(樹冠) 같다. 노트만하게 뚫린 창으로 밖을 내다보았다. 올라가면 온갖 작동음이 밀려온다. 쇠가 이동하는 앙칼진 소리, 레일을 구르는 묵중한 철거덕거림, 우웅거리는 반사음, 파도와 바람의 소리…. 이곳에서 나는 소리만 모아도 독특한 뭔가가 될 것이다. 세련되고 고상한 음악과는 다른 물질의 음향. 인간의 소리는 거세된 기계와 무기물이 어우러지는 하모니와 기(氣).

크레인의 어깨까지 수액처럼 올라가는 동안 부두의 조명이 꺼진다. 아침이 온 것이다. 부두에는 풀이나 식물, 생명체가 없다. 시멘트와 쇠, 유리, 알루미늄 같은 무기물로 이루어진 상공에 엘리베이터가 나를 뱉어 내고, 플랫폼에 정지한 크레인의 심장부인 조종실로 향한다. 걸음을 옮길 때마다 지상은 멀어진다.

지난밤은 휴게실에서 보냈다. 보는 사람도 없는 텔레비전이 혼자 웅얼거렸고 사내 둘이 벽 쪽으로 떨어져 어깨를 말고 누워 있었다. 수납장에서 모포를 꺼내 두 사람 사이에 자리를 잡고 잡지를 뒤적였다. 역 대합실에 앉은 것 같았다. 크응. 오른쪽에 누운 사내가 앓는 소리를 내며 몸을 뒤치더니 웅크렸던 몸을 슬며시 폈다. 아직 잠이 들지 않은 모양이었다. 강이 있을 때 휴게실은 작은 소도(蘇塗)였다. 장기투숙자 몇 명이 언제나 진을 쳤고 가정에 문제가 있거나 노름빚에 쫓기거나 여자 문제로 골치 아픈 사람들이 휴게실로 숨어들었다. 휴게실은 금녀의 집이자 외부인은 들어올 수 없는 도피처였다. 야간 작업이 이어지면 밤을 잃은 사내들이 고스톱을 치고 노름을 하고 음담패설을 풀어 놓았다. 제 인생도 무거운 푼수에 남의 문제에 훈수를 두느라 핏대를 세우고, 은밀하고 어두운 소문이 왜곡되거나 부푸는 곳도 휴게실이었다. 이 와중에 강은 동료들의 요청으로 아랍에서 겪었던 이야기를 풀어 놓기도 했다.

로브라고 들어 봤나? 아랍 남자들이 입는 하얗고 긴 통옷 말이야. 그 속에 그들은 아무것도 입지 않아. 노팬티라고. 소변 볼때 사막까지 걸어 나가서 여자처럼 앉아 일을 보더라고. 이유는 나도 몰라. 모래가 날리고 바람이 부니 옷이 젖을까 봐 그런지도 모르지. 거기도 여기와 비슷해. 여자와 술이 없어. 최전선은 어디나 비슷한가 봐. 돈 없는 무슬림 사내들은 비참하더라. 일부다처제라지만 평생 여자 구경을 못하고 총각으로 늙어 죽어. 말로 못할 얘기도 많지. …크레인이 안 들어가는 곳이 없어. 깊숙한 사막과 정글까지 자금이 있는 곳은 크레인도 같이 가지. 나는 바닷가에 있는 크레인이 좋아. 바다와 육지의 경계에서 지구의 갈비뼈처럼 뻗어 있는 크레인이 진짜 같더라고. 작업을 마치고 토막잠을 자려고 이불을 둘러쓰다 드문드문 강의 얘기를 들었다. 열대의 무역항과 사막, 정글 속의 크레인이 환영처럼 다가왔다 멀어졌다. 그때가 전성기였나. 요즘의 휴게실은 물 빠진 갯벌 같다. 강이 사고 나기 전부터 부두의 일감이 줄긴 했다. 예상했던 일이고 회사에서도 자구책을 찾아 전전긍긍이었다. 기술의 발달로 건조되는 배들이 커지면서 부두도 대형화, 선진화되고 많은 선사들이 첨단 시설이 갖추어진 새 부두로 빠져나가자 우리 부두처럼 작은 재래식 터미널은 타격이 컸다. 철야작업으로 열대지방의 야시장처럼 활기차던, 강이 있던 그때가 마지막 피크였던 모양이다. 고스톱을 치고 마작을 하고 텔레비전을 보면서 실랑이도 끊이지 않던 금녀의 불야성은 돌아오지 않을 모양이다.

　용골이 부러지면 어떻게 되겠냐? 내가 부두에 취직한 후에도 용접봉을 놓지 않던 아버지가 하루는 뜬금없는 말로 옆구리를 찔렀다. 용골이 부러지다니. 나는 뱃사람도 아니어서 아버지의 노파심까지 상대하고 싶지 않아 묵살했는데 저의가 있는 말이었다. 쇳가루가 날리는 조선소에서 일한 사람은 아버지인데 발병은 어머니가 했다. 기관지 천식과 골다공증으로 어머니가 고통스러워하자 아버지는 집을 정리해 고향으로 내려갔다. 큰 병원이 있는 도시가 낫지 않겠냐는 만류에도 고개를 흔들었다. 병원 치료는 할 만큼 했다는 거였다. 사실이었다. 공기 좋고 물 좋은 시골에서 아버지는 어머니에게 최선을 다했다. 직접 키운 채소로 자연식을 해 먹이고 규칙적인 운동에 한약방마다 뒤져 이름만 들어본 용골까지 구해다 먹였다. 용골이라니. 용의 뼈란 말인가. 실재하지 않는 동물이 용인데 귀한 약재엔 그런 이름을 붙이는 모양이었다. 용담, 용치, 용간, 용안, 용골세포와 조골세포…. 어머니의 발병으로 꽤 유식해진 아버지는 어머니가 임종한 후에도 도시로 돌아오지 않았다. 어머니가 묻힌 고향 땅이 편하다 했다.

캐빈에 들어서자 컨테이너 선박 너머의 바다와 수평선, 구름의 아래쪽이 거무스름하다. 컨테이너를 가득 싣고 접안한 배가 크레인의 붐 아래 엎드려 있다. 나는 캐이프제로 호의 척추를 조종석에서 가늠해 본다. 배의 크기는 용골의 크기가 결정한다. 처음 갠트리에 올랐을 때 캐빈에 적응하기 바빠 작업선의 용골 길이를 가늠할 수가 없었다. 삼면이 유리로 된 고시원만한 캐빈은 비닥이 유리로 되어 여차하면 쇠의 계곡으로 추락할 것 같았다. 헛기침을 삼키고 조종간을 움켜잡는다. 캐이프제로의 용골이 부러지면 어떻게 될까. 부러진 용골이 바닷속으로 내려앉으면? 배의 가장 무거운 부분부터 사라진 용골의 싱크홀로 미끄러질 것이다. 무전기를 든 신호수가 형광 작업복을 입고 트랙을 건너온다. 노란색 지브 크레인 한 대도 야드를 돌아 제 위치에 멈춘다. 전원을 넣자 갠트리가 꿈틀 몸을 튼다. 어디선가 강이 공중에 뜬 유리방 GC-5의 캐빈을 보고 있을 것 같다.

무전기에서 작업 소음이 터진다. 트레일러가 제자리에 들어서고 발음이 선명치 않은 신호수의 목소리가 터진다. 신호수의 몸짓은 만국 공통어이자 몸 전체가 하나의 언어라 그의 움직임은 항상 눈에 넣는다. 오늘 작업은 파나마 선적의 광탄선 캐이프제로 호. 컨테이너가 13열로 적재된 배다. 13열을 넘는 배는 큰 부두로 가야 한다. 배가 커 시야가 확보되지 않거나 신호수가 보이지 않을 경우는 무전기로 교신하며 작업한다. 강의 사고는 피할 수 없는 불운이었다. 그토록 보안을 하고 점검을 해도 빈틈은 있다. 사고는 호리병 속의 연기처럼 인간이 감지하지 못한 틈에서 새어나와 괴물처럼 자란다. 기계가 기름을 먹듯 부두는 인간의 피가 필요한지도 모른다. 불가해한 사고를 보면 그런 생각이 든다. 풀 한 포기 없는 무기물의 세계에서 먹을 거라곤 인간밖에 없고 사람은 썩 괜찮은 먹이감이 될 것이다. 인간은 칠십 프로 이상이 수분이고 연두부처럼 연약하니까.

신호수도 강도 발견하지 못한 노무자가 컨테이너 사이에서 튀어나오더라 했다. 찍어낸 컨테이너를 트레일러에 내려놓고 다음 컨테이너를 향해 이동하던 강의 리프트를 향해 노무자는 엄마 품에 뛰어드는 아이처럼 달려들었다. 질겁한 신호수가 벼락같이 소리쳤고 노무자는 강철 덩어리에 종이처럼 찢어지기 직전, 미안! 미안! 웃으며 어린애처럼 손을 흔들었다 했다. 그는 알콜중독자였다. 자주 얼큰한 상태로 라싱*을 했고 그날도 작업이 끝나 일행이 철수한 줄도 모르고 혼자 현장에 남아 있었다. 그런 경우를 예상 못한 강과 신호수가 경악했을 때 상황은 이미 끝나 있었다. 캐빈 안의 강은 평소처럼 강철 덩어리가 움직이는 기계음만 들었고, 한 인간이 두부처럼 뭉개진 촉감은 그만이 알고 있을 것이다. 강은 그 일로 부두를 떠났다. 사람들은 굳이 그가 사퇴할 필요가 있느냐며 수근댔다. 상대방 과실이

---

* 선박에 선적한 화물이 움직이지 못하도록 고정하는 일.

분명했고 혈액에서 검출된 알콜의 양도 충분했다. 사고는 불가 피했고 산재와 보험은 모래밭을 치고 올라오는 바닷물처럼 불행의 자리를 메웠다. 보험금과 보상금으로 팔자 핀 유족에 대한 소문은 부두의 오랜 화젯거리이기도 했다.

조종간의 레버를 당겨 아웃 리치를 타고 캐이프제로 호 쪽으로 이동한다. 오늘은 사각지대 없이 작업을 마치면 좋겠다. 위에서 내려다볼 때 생기는 사각은 마(魔)의 소굴 같다. 안개나비, 태풍이나 어둠 속 작업도 마다하지 않지만 사각만은 사양하고 싶다. 다른 것은 배운 대로 하면 되지만 사각은 경험에서 오는 숙련이 필요하다. 처음 사각에 박스를 앉힐 때 경력자 손이 도와주었다. 처음엔 누구나 어렵지. 오십 대의 손은 시간이 해결해 줄 거라며 위로인지 과시인지 모를 말을 했다.

캐빈이 드르륵, 날숨을 뱉는다. 크레인의 팔 끝으로 쾅쾅쾅 마찰소리를 울리며 조종석이 굴러간다. 오늘 기계의 몸은 무겁다. 사람처럼 쇠도 컨디션이 있다. 기계가 뻣뻣하니 은근히 긴장된다. 아래를 내려다보며 신호수를 눈에 담고 조심조심 컨테이너를 찍어 나른다. 다섯 번째 초록색 박스를 트레일러로 옮기자 그제야 기계는 몸이 풀린다. 갠트리에 앉으면 지브 크레인과 트레일러는 아이들 장난감처럼 보인다. 기계도 사람처럼 늙는다. 쉬지 않고 일하니 마모를 피할 수 없지만 무거운 박스를 연신 찍어 나를 땐 오히려 유연하다. 딱 한 번 이상한 경험을 했다. 밤샘 작업을 하던 날이다. 수평선이 허옇게 트이며 새벽이 오는데, 어느 순간 크레인이 내 몸에 붙었다. 어머니의 제사상에 엎드려 있으면 어머니가 온 것 같던 친근함과 비슷했다. 밥은 어쩌노? 제대로 묵고 다니나? 라면 먹지 말고 술도 좀 줄이고. 혼자 계신 아버지 생각해서라도 니 건강을 스스로 잘 챙겨야 한다. 투병 중에도 내 걱정만 하던 어머니였다. 오래전 숨어 있던 내 속의 쇠 유전자가 살아나 크레인과 손을 잡는 것 같았다. 결국 인간도 물질로 이루어진 존재 아닌가. 내 조상의 조상의 조상의 먼 조상의 일부는 쇠였을 것이다. 어쩌면 그건 제 몸을 닮게 해 인간에게 종사하는 쇠에 대한 일종의 동료애였던지도 모르겠다.

산재처리나 사망자의 장례도 끝나 교외의 코스모스 향기가 부두까지 날아오던 시월 오후, 얼굴이 칙칙한 중늙은이 하나가 사무실로 찾아왔다. 부두는 보세구역이고 금녀의 공간이라 허술한 가방을 껴안은 아낙은 금방 직원들의 입방아에 올랐다. 강이 호출을 받고 달려왔다. 멀끔한 허우대로 강이 들어서자 아낙은 끼고 있던 가방을 내던졌다. 난 돈 같은 거 필요 없소. 바닥에 떨어진 가방의 입으로 시퍼런 만 원권 지폐 뭉치가 튕겨 나왔다. 사무장이 이쪽을 홀깃거렸다. 영감 죽고 없는데 돈 있으면 뭐하요! 우리 영감이나 살려내 주시오! 강이 쩔쩔맸고 사무장이 천천히 의자에서 일어났다. 사무장은 냉장고에서 차가운 홍삼 캔을 꺼내 두 사람 앞으로 밀어 놓았다. 사무장은 초라한 가방을 들고 나타난 중늙은이가 아쉬운 부탁을 하러 온 사람이거니 하여 물 한 잔도 대접하지 않았었다. 불쌍한 우리 영감 돌려 달라고요! 목이 잠겨 소리도 잘 나오지 않는 목청을 카악카악 돋우며 늙은이가 암팡을 떨었다. 평생 돈 벌라고 고생만 한 영감이라고요.

강의 얼굴이 흙빛이 되었고 사무장은 코웃음을 쳤다. 이렇게 억지를 부리는 유족이 더러 있었다. 합의나 보상도 끝난 일을 한 푼이라도 더 뜯어내려는 수작이었다. 강은 사고의 충격으로 우울증을 겪고 있었고 사무장은 중늙은이가 팽개친 돈 보따리를 집어들어 보란 듯이 금고에 던져 넣었다. 그때였다. 강이 아낙 앞에 털버덕 무릎을 꿇은 것이. 아주머니, 저도… 저도 제가 용서가 안 됩니다. 사무장은 황급히 강을 말렸고 그는 밑 빠진 자루처럼 무너져 내렸다. 내가 어떻게 해야… 저도… 저도 평생 혼자 살겠습니다. 사무장이 버럭 소리를 질렀다. 아줌마. 법에다 고소하세요. 괜히 남의 영업장에 와서 떠들지 말고 문제가 있으면 고소하라니까요. 다 끝난 일로 억지를 부리는데 어디 법으로 한번 해봅시다. 그 후 강은 부두에 나타나지 않았고 평생 독신으로 살 건지 두 눈으로 똑똑히 지켜보겠다고 악다구니치던 아낙은 며칠 후 돈뭉치를 찾아갔다.

선체의 컨테이너를 덜어내자 시커먼 사각이 입을 벌린다. 결국 사각이라니. 그토록 피해 가기를 바랐는데. 컨테이너가 빠진 공간이 음침하고 불길하다. 보이지 않는 곳에 20피트짜리 쇠통을 손의 감각으로 옮기는 일은 피가 마른다. 하지만 어차피 해내야 할 일. 이를 사려 물고 조심조심 쇠통을 찍는다. 파도소리, 가까운 기계 소리가 멀리 스러지며 손에 땀이 배인다. 강의 부재로 신 씨에게 대신 인수인계를 받던 날, CG-5에 올라갔다. 인수인계라기보다 갠트리와의 상견례라고 해야 옳은 말이지만 지상 삼십오 미터는 만만한 높이가 아니다. 견학이나 시찰을 오는 높은 분들도 엘리베이터로 기계실까지 오르는 게 고작이었다. 신 씨는 캐빈을 대충 보여 주고 내려가려 했고 나는 붐대의 끝까지 가 보자고 고집을 부렸다. 알았어. 알았다고. 신 씨가 마지못해 기계실로 앞서 들어갔다. 그리고는 책상 서랍을 열어 투박한 실장갑 한 벌을 꺼내 주며 다시 한 번 회유했다. 그만 내려가지? 거기는 장비 점검자만 가끔 올라가는 데야. 우리 같은 조종사가 갈 필요는 없어. 크레인은 생각보다 예민한 놈이라고. 물론 운전 면허증을 얻는다고 차의 구조나 원리를 알 필요는 없지만 나는 갠트리의 끝까지 가 보고 싶었다. 어부지리로 떨어진 자리에 대한 자격지심이 아니라 조목조목 배울 선임자가 없는 CG-5에 대한 두려움과 부담에 맞서고 싶었다. 아버지가 혼자 고향에 남은 이유도 그거였다. 내가 부두에서 자리 잡을 때까지 부담을 주지 않는 것. 다가올 자신의 죽음에 대해 혼자 맞서는 것. 보이지 않는 곳에서 내 삶의 근육이 튼튼해지기를 기다리는 것이었다. 투병 중인 어머니를 아버지는 끈질기게 끌고 다녔다. 운동을 해야 죽어 가는 뼈세포가 새로운 뼈로 자란다고 했다. 용골세포니 조골세포니 하는 의학용어까지 들먹이던 아버지에게 남은 숙제는 자신의 여생과 맞서는 것이었다.

타타타닥. 붐대의 끝을 향해 잔뜩 도사리고 기다시피 걸어 나가자 센 바람 속에서 이마에 땀이 맺혔다. 앞서가던 신씨가 돌아볼 때에야 허리를 억지로 세웠다. 창공의 바람은 사정없이 몰아쳐 정신이 번쩍 들었다. 붐대의 끝에 이르자 온몸에 숨어 있던 신경세포가 촉수를 세우며 일어섰다.

덜커덕. 기계 팔의 먼 곳에서 불길한 기운이 전해 온다. 설마 홀더에 걸렸나. 아니나 다를까. 신호수가 밑에서 악을 쓴다. 어쩌자고 딴생각을 했을까. 정신을 차리고 사투에 들어간다. 밑에서 조장과 교대자가 떠드는 소리도 귀 밖으로 들린다. 수없는 재시도에 땀이 두두둑 떨어진다. 아래를 내려다보며 긴장하니 목이 떨어져 나갈것만 같다. 시간이 얼마나 지났을까. 교대자와 바꿔! 신호수가 그냥 내려오라고 무전기로 소리친다. 이대로 내려가면 홀더에 빠진 박스는 교대자가 처리하겠지만 한동안 나는 부두의 새 안줏감이 될 것이다. 캐빈을 조종해 엘리베이터 쪽으로 이동하는데 부아가 끓어오른다.

시펄! 해도 해도 어째 이따위로 해 처먹어!

교대자가 무전기로 왕왕거린다. 조장이 인상을 쓰고 교대자를 상대한다. 한쪽이 왈왈거리면 조장이 잘 다독거려야 하거늘 같이 들썩거리니 관리자가 맞나 싶지만 말은 못하고 사무실 의자에 처박혀 듣고만 있다. 부두 사람들의 입은 바람처럼 돌직구다. 듣는 사람도 바람으로 들어야 한다. 험한 바람일수록 빨리 지나가는 법. 어이. 어이. 강을 찾아봐. 안 되나 봐. 조장의 지시에 핸드폰을 검색한다. 그래, 강이면 해결할 수 있을 거야. 전화를 건다. 그런데 전화를 받지 않는다. 자식. 엎어져 자는 거야. 뭐하는 거야. 전화는 왜 안 받고 지랄이야. 조장의 짜증이 속사포다. 강이 아니라 내게 하는 화풀이다. 끊었다가 다시 통화 버튼을 누르자 그 사이를 못 견디고 다그친다. 안 받아? 전화 안 받아? 야. 야. 그럼 집으로 가 봐. 뛰어가라고! 나는 벌떡 일어나 사무실 문을 쾅 닫고 나온다. 저 사람이! 조장의 신경질이 문틈에 뎅경 잘린다.

강은 아파트에도 밥을 대놓고 먹는 골목집에도 없다. 아파트 경비 아저씨도 모르겠다 하고 양파를 까던 골목집 주모도 못 본 지 한참 되었단다. 어디로 갔을까. 진작 찾아봤어야 했다. 그가 부두에 나오지 않은 지 한 달쯤 되었을까. 가까운 몇몇과 강을 불러낸 적이 있다. 골목집은 평소처럼 시끄러웠고 강은 주량이 조금 늦었을 뿐 생각보다는 멀끔했다. 다른 테이블에서 삼겹살 타는 냄새가 우리 테이블로 끈질기게 넘어왔고 동료들은 강에게 연설 수준의 설교를 퍼부었다. 앞으로 어쩔래? 아예 일을 그만둘 거야? 다른 곳을 알아보겠지 뭐. 기술도 좋은데. 아니야. 이번 기회에 좀 쉬어. 쉬었다가 다시 외국으로 떠. 전처럼 일부다처제로 가라고. 그 옛날의 소도가 잠깐 살아난 것 같았다. 중국 윈난성인가, 그런 곳은 어때? 나도 좀 데리고 가 줘. 무성한 수다 사이에서 나는 또 공기밥을 청했다. 네 명의 동료들 중 엄 씨가 제일 말이 많고 강은 두꺼비처럼 소주만 꼴딱꼴딱 비워 냈다. 그날따라 수중전골에 비빈 밥이 별로였지만 할 말이 없어서 나는 열심히 먹는 척 하고 있었다. 소주 한 병을 다 비울 즈음 강의 입이 풀렸다.

나는 크레인밖에 몰라.

그의 눈도 풀려 있었다. 나는 입안의 것을 씹어 삼키고 그를 보았다. 도대체 크레인 조종 말고는 별로 해 본 게 없어. 젓가락으로 강이 생마늘쪽을 뒤적이며 중얼거렸다. 먼 바다를 향해 해 본 적도 없고 군에서 유격훈련 받은 것 말고는 등산도 별로 안 해 봤어. 옆자리 엄이 담배를 꼬나물고 후— 연기를 뱉어 냈다. 크레인 조종을 배우고 바로 일을 익히느라 놀 여유가 없었어. 중동으로 간 것도 그래서였어. 돈벌이가 목적이지만 이왕이 세상에 떨어진 것, 넓은 세계로 가고 싶었어. 완전히 다른 세계 말이야. 제다에서는 항만 옆 모래 위에 텐트를 치고 막사 생활을 했어. 바람이 불면 텐트가 펄럭이고 모래는 텐트 안을 휘젓고 다녔어. 모래는 먼지처럼 어느 곳에나 수북수북 쌓였지. 나도 엄에게 손을 뻗어 담배 한 대를 꺼내 불을 붙였다. 맨송한 정신으로 듣기가 왠지 안타까웠다. 작업이 없을 때는 사막으로 나갔어. 부두의 시설물이 없는 곳은 모두 사막이거든. 그냥 아무 곳으로나 걸어가면 돼. 사방이 사막이니 방향도 없어. 내 마음이 방향인 거지. 모래 바람이 언덕을 만들고 물결을 만들고 이랑을 만드는 벌판이었어. 그 모래벌판에서 떠난 여자를 생각하고, 새로 만날 여자를 상상하고 산과 바다도 그려 보았지. 등산을 하면 이렇겠지, 항해를 하면 이럴 거야. 모든 것이 내게는 사막의 붉은 구릉 속에 있었어. 엄청 외로웠고 회의도 많았어. 어떤 날은 당장 돌아가고 싶지. 그런데 그럴 때마다 나는 반대로 했어. 자석의 반대극처럼. 한국과는 더 먼 곳으로, 제다에서 리야드로, 트리폴리와 사하라, 파푸아뉴기니 등으로. 왜 그랬을까. 생각해 보면 크레인이 있었기 때문이야. 모든 땅에는 크레인이 있잖아. 도시의 파수꾼? 그런 거는 몰라. 그냥 육지의 끝, 바다의 경계에 있는 크레인만 믿고 간 거지. 휴게실에서 듣던 얘기와 분위기가 달랐다. 엄이 강의 잔에 새 술을 부었다. 어머니만 안 계셨다면 지금도 크레인과 더 먼 곳으로 흘러 다녔을 거야.

엄이 수중전골을 한 술 떠 강의 입에 넣어 주었다. 입 밖으로
해물 조각이 조금 흘러나왔고 강이 후루룩 빨아들여 우물거렸
다. 그런데 죽은 영감을 내놓으라니…. 십여 년 방랑의 끝이 이
거야? 합의금 때문이 아니야. 돈은 또 벌면 되지만 나는 지금껏
헛산 것만 같아.

강의 눈이 붉어졌다. 박이 우뭇가사리 무침을 강의 입에 넣어
주었고 그는 어린애처럼 받아먹었다. 자네가 장가를 안 가서 그
래. 지금 그 할망구가 부러운 거지? 아니, 그 영감이 부러운 거
잖아? 이봐. 그 할망구는 영감을 아까워하는 게 아니라 돈 욕
심을 부린 거야. 엄의 정리에 박이 반기를 들었다. 아니, 아니야.
그 할망구는 열녀 맞아. 내가 그 집 좀 알아. 본래는 함안인가
어디에서 농사를 짓던 양반인데 괜히 도시에 올라와 진탕 고생
했지. 얼마나 힘들었으면 알콜 중독이 되었겠어. 영감 허리가
휘었잖아. 여자? 그거 허가 낸 도둑이야. 자네가 여자 땜에 고생
을 안 해 봐서 그런 할망구에게 충격을 받는 거라고. 강이 마늘
쪽을 입에 넣고 우물거렸다. 나는 그러던 강이 언제나 옆에 있
을 줄 알았다. 내 옆이 아니라 부두, 아니 GC-5의 근처에. 핸드
폰이 운다. 조장이다. 됐어. 빼냈어. 두 마디만 내뱉고는 싸가지
없이 전화를 뚝 끊는다. 다행이다 싶으면서도 화가 올라온다.
조금만 기다리면 될 것을 그리 사람을 쪼아붙이는 조장이 역겹
다. 앞으로도 계속 비위를 맞추고 살 생각을 하니 속이 울렁거

린다. 지금도 돌아가 그 면상을 대해야 한다. 기분이 더러워도 별 수 없다. 어쨌건 갠트리가 내게 떨어지지 않았는가. 사그라져 가는 작은 부두지만 갠트리 조종은 내게 훈장 같은 경력이 될 것이다. 본래 그런 바닥인데 이만한 일로 주춤거리는 건 이불 속에서 요강 차다 투정하는 꼴이다. 그럼에도, 그런데도 발이 느려진다. 다리에 힘이 없고 부두로 가는 길도 보기 싫다. 이제 내가 사각지대에 빠진 것인가. 그나저나 강은 어디로 갔을까. 밥집에서도 못 본 지 오래라면 멀리 갔나. 그의 노모가 당감동 어느 요양원에 있다고 하던 기억이 난다. 요양원으로 가 볼까. 당감동 요양원이야 검색해 보면 뻔할 것이다. 40피트짜리 컨테이너를 실은 트레일러가 지나간다. 숨이 컥 막히는 매연에 우릉거리는 진동도 보통이 아니다. 어제 읽은 잡지에선 트레일러가 도로를 파먹는 도시의 애물단지라고 씹고 있었다. 강도 그 글을 읽었을까. 택시를 잡기 위해 인도에 내려서며 스마트폰으로 『우리의 바다』를 검색해 본다. 어라, 다행이 어제의 기사가 인터넷에 뜬다. '하늘의 거인'이란 제목이 제법 크다. 이게 어느 부두를 취재한 건가. 하늘을 찌르는 갠트리의 사진과 조종석에 앉은 기사의 뒷모습을 찍은 사진이 있다. 가만 보니 강 같다. 어제 휴게실에선 조명이 어두워 대충 넘겼는데 틀림없는 강이다. 그리고 보니 바다를 배경으로 붉은 다리를 쩍 벌리고 선 갠트리는 CG-5 아닌가. 한 대의 버스와 승용차 두어 대가 지나가자 다시 세 대의 트레일러가 흔들리는 벽처럼 줄줄이 지나간다. 기사 첫머리도 삭막한 부두 풍경이다.

세계 5위의 항에서 시설 좋은 신항을 내버려두고 제일 작은 재래 터미널을 찾은 이유가 사라지는 것에 대한 향수, 안타까움 탓이란다. 가만. 사라지다니. 설마 강을 두고 한 말은 아니겠지. 위이잉 기이잉. 귀를 긁는 장비가 가득한 터미널이 할리우드의 블록버스터 촬영 세트장 같다고? 목숨을 담보로 기계와 사는 우리들이 색다른 그림쯤으로 보인다 이거지. 택시를 잡으려던 나는 코를 실룩이며 기사를 들여다본다. 크레인을 만나는 방법은 두 가지다. 육지에서 보는 것과 바다에서 보는 것. 바다를 통해 항구로 들어오면 크레인이 제일 먼저 시선을 잡아끈다. 허공에서 긴 팔을 펼친 크레인이 보이면 항해자는 돌아왔다는 안도감에 가슴이 시큰해지고 이방인은 또 다른 감상에 사로잡힐 것이다. 육지에서 만나는 크레인은 마천루와 배후시설에 가려 포획된 짐승처럼 기형적이고 삭막하기조차 하다.

도로의 소음 때문에 집중이 어려운데도 혹시 강에 대한 얘기가 있나 하고 눈을 부라린다.

베테랑 기사의 도움을 받아 CG-5로 올라갔다. 수직으로 섰을 때는 130미터, 쉬고 있는 크레인의 모습은 기린 같다. GC-5 옆으로 도열한 다른 크레인들은 먼 곳을 바라보며 명상에 잠긴 기린이다… 해 질 녘 부두로 나가 항구의 하늘을 둘러 보시라. 구름을 배경으로 처연히 쉬고 있는 기린을 볼 수 있을 테니…. 공중 계단과 통로를 걸어 갠트리 크레인의 엘리베이터까지 겨우 올랐다. 철망으로 된 계단을 올라갈 때는 앞장선 기사의 등만 보고 걸었고 시퍼런 바다가 발아래 아찔했다. 크레인의 어깨쯤에 이르자 지상에 없던 바람이 몰아쳤다. 소리가 물질처럼 바람에 흩어지는 것도 지상에서는 못하던 경험이다.

여기까지는 우리 회사 사람들도 잘 안 와요. 우리만 기계 점검하러 가끔 올 뿐이죠. 크레인은 워낙 예민하니까요. 크레인이 생명체이나 된 듯 강완주 기사가 기자를 격려해 주었다.

고공의 붐대에 이르자 대양의 거대한 배에 오른 것 같았다. 사정없는 바람 때문에 어떤 생각도 할 수가 없었다. 전망대처럼 조명 장치가 달린 크레인의 끝에 올라서자 쇠바닥이 울렁거렸다. 마치 살아 있는 짐승 같았다. 두터운 강철 크레인의 끝이 허공에서 흔들린다면 누가 믿겠는가. 크레인의 팔 끝에 한 번만 올라 보시라. 허공과 교신하는 쇠의 부드러움을 느낄 수 있을 테니. 이상하게 가슴이 벅차올랐다. 저 하늘 저 바다를 가르며 온 세상을 향해 뻗어 나가는 크레인의 꿈은 무엇일까. 바람, 창공. 크레인 위의 자연은 끊임없이 필자에게 말을 건네는데 미욱한 취재원은 그 뜻을 알 수가 없었다.

이제는 지상으로 돌아가야 할 시간, 좌우 비대칭 크레인의 바다 쪽으로 뻗은 팔(아웃 리치) 길이는 80미터 22층 아파트만한 높이에서 다시 저 80미터 아래, 지상으로 내려가려니 어둠이 습기처럼 들어붙었다. 아득한 평균대의 끝에서 내려가는 길은 어둑했다. 발끝에 힘을 모아 앞사람을 의지하며 쇠의 긴 길을 내려가는 동안 아랫동네의 풍경이 몇 번 바뀌었고 지상에 내려와서야 필자의 손을 보았다. 검게 변한 손은 크레인과 악수라도 나눈 것 같았다. 크레인의 팔 끝, 붐대의 끝은 새순 같았고 겨드랑 안쪽의 속살 같은 크레인의 끝에 갠트리의 염원, 손짓이 있었다.

기계와 함께 사는 분들에 대한 경의는 시간이 제법 지난 후에야 기억났다. 창공을 향해 길게 손짓하는 크레인의 꿈은 무엇일까. 어쩌면 크레인은 지구의 용골, 붉은 용골인지도 모르겠다.

가까이에서는 하늘의 거인이고 고공에서는 붉은 용골이라. 예상과 달리 기자는 붐대의 끝까지 올라갔구나. 제법이다. 육지와 바다의 경계에 서 있는 크레인을 목격하다니. 시퍼런 하늘 아래, 실안개처럼 흩어진 구름 사이로 지구의 이물에서 고물을 향해 뻗은 붉은 등뼈가 보인다. 사람들은 잘 모르지만 정말 중요한 것은 눈에 보이지 않는단다. 용골처럼 말이야. 담배 한 대를 다 태우고 나서 조선소 아저씨는 연장을 챙겨 작업하던 배 안으로 사라졌다. 어머니와 아버지 그리고 지금의 강처럼.

바다보다 깊은

되돌아가고 싶다. 하지만 불가능하다. 기계에 관심이 있는 것도 아니면서 어쩌자고 기관실을 보고 싶다고 우겼을까. 여자의 내부는 정글이다. 냄비 속처럼 들끓는 정글. 복잡하고 뜨겁고 시끄러워 귀를 막는다. 앞서가던 2기사가 저만치 앞에서 나를 기다린다. 선원들에게 배는 여자라니 기관실은 여자의 내부인 셈. 덮치듯 달려드는 기계 소리는 청력이 망가질 정도고 열기(熱氣)는 섭씨 40도는 될 것 같다.

발밑은 구멍 숭숭한 철판으로 한 발 한 발이 무겁다. 귀를 막은 한 손을 내려 난간을 잡는다. 손이 세 개면 좋겠다. 한 손은 난간을 잡고 두 손은 귀를 막을 수 있게. 낡은 배의 통로는 기관실 벽에 붙어 개울처럼 기계 사이를 빠져나간다. 나는 기다시피 2기사를 향해 간다. 언제 이 순례가 끝날까. 이런 상태면 기계의 감정은커녕 구경하기도 버겁다. 무시무시한 배관들이 머리 위로 뻗어 있다. 2기사가 무어라고 소리치는데 소음 때문에 알아들을 수가 없다. 겨우 2기사와 간격이 좁혀졌다 싶은데 내가 다가가자 그는 다시 전진한다.

환기구와 통풍구는 어디 있을까. 아니 있기나 한 걸까. 기관실 안은 터지기 직전의 가스 터빈 같다. 통로 바닥의 구멍과 철망도 열기와 소음을 배출시키기 위해서겠지만 정작 환기구와 통풍구가 없다면 무슨 소용인가.

조금 편편한 길이 나타나고 발아래 종유석처럼 우줄우줄한 기계가 눈에 들어온다. 허리를 펴고 걷는데 기계 하나가 불쑥 다가와 얼른 머리를 숙인다. 2기사는 저만치 앞에서 모퉁이를 돌고 있다. 쉴 수도 되돌아 갈 수도 없는 길이다. 육지와 많이 다르다. 그도 그럴까. 잠시 쉬거나 돌아갈 수 없어서 삶의 패턴이 달라서 돌아오지 못하는 것 일까.

2기사가 콘트롤 룸의 문을 밀고 들어간다. 나도 걸음이 빨라진다. 유리문 안으로 들어서자 거짓말처럼 공기가 냉랭하다. 지금껏 괴로워하던 몸이 살았다고 환호한다. 유리문 한 장을 사이에 두고 살을 데우던 열기와 왕왕이던 기계음은 칼로 자른 듯 차단된다. 한쪽 벽면은 에어컨과 계기판, 전자 장치로 채워지고 맞은편에는 컴퓨터가 놓인 책상들이 가지런히 놓여 있다.

엔진 텔레그래프 앞에 앉은 사람은 우리가 들어가도 아랑곳하지 않고 뭔가에 열중해 있다.

이번에 새로 오신 사관실 담당 여사님입니다.

주황색 작업복을 입고 업무에 빠져 있는 남자에게 2기사가 나를 소개한다. 안녕하세요. 오명현입니다. 숨을 고르며 인사를 건네도 주황 작업복의 사내는 인사를 받는 둥 마는 둥이다. 어쨌건 살 것 같다. 상대의 말소리가 들리고 전화기와 종이, 펜이 있는 공간으로 돌아온 것. 기계에 감정이 아니라 더한 것이 있다 해도 기관실은 쉬이 들어올 곳이 아니다. 창문은 어디 있나. 밀폐의 느낌이 강한 공간이라 나는 본능적으로 창문을 찾는다. 어디에도 창이 보이지 않는다. 한 겹 철판 밖은 물의 천지. 깊은 물의 세계에서 한 치의 공간을 차지하기 위해 배는 창을 포기한 모양이다. 창문이 없으면 밤낮이 없고 계절도 없을 것이다.

정신 없지요? 2기사가 한 책상으로 다가가 이어폰처럼 생긴 귀마개를 꺼낸다. 우린 이걸 끼고 작업한답니다. 그렇구나. 그렇게 하지 않으면 난청이 될 것 같다. 안전모와 헤드셋이 벽에 나란히 걸려 있다. 진짜 고수는 이런 거 안 쓰고 일해요. 2기사가 목소리를 낮춘다. 기계 소리를 직접 들어야 그 상태를 알 수 있거든요. 어떤 게 감기인지 어떤 벨브가 축농증인지. 한번 껴 볼래요? 이어폰을 귀에 넣으니 조금 크다. 기관사 중에 난

청자가 더러 생긴다, 직업병이다. 헐거운 귀마개가 톡 흘러내리자 2기사도 설명을 멈춘다. 책상 위로 떨어진 귀마개를 2기사가 엄지와 검지로 주무르자 점토나 고무재질인지 가늘고 길게 변한다. 이렇게 자기 귀에 맞춰 쓰는 거라고 2기사가 시범을 보여준다.

기관실을 구경시켜 달라고 한 사람은 나였다. 하루 일과를 끝내고 보조 주방에서 커피물을 끓이고 있었다. 승선 6일째, 나는 그런대로 적응하고 있었다. 멀미를 하지 않았고 특별히 어려운 일도 없었다. 배에서 유일한 여자라고 봐주는 것은 없지만 특별히 까다로운 사람도 없었다. 퇴선 방송이 나왔을 땐 당황했다. 나도 참석하는지 몰랐고 물어볼 만한 사람도 없었다. 출항 사흘째, 느닷없는 벨 소리가 났다. 퇴선 훈련을 실시한다. 퇴선 훈련을 실시한다. 전(全) 승조원은 00시 00분까지 중갑판으로 집결하라. 다시 한 번 알린다. 전 승조원은…. 명령조의 긴박한 목소리가 말한 시각은 당장 집결해야 할 타임이었다. 나도 참가해야 하는지 얌전히 내 방에 있어야 하는지 판단이 되지 않았다. 나는 임시직 싸롱우먼. 요행히 승선하게 되었지만 배나 항해엔 무지했다. 승선 첫날, 내 방을 정리한 후 주방으로 나가니, 조리장은 조리수와 버섯 탕수육을 만들고 있었다. 손부터 씻은 후 무엇을 해야 할지 눈치를 살피자 조리대에서 양파를 썰던 조리수가, 오 여사는 신경 쓸 거 없어. 여긴 우리 구역이니, 음식이 완성되면 셋팅하고 뒷정리와 청소를 하면 된다고 일러 주었다. 나는 싸롱우먼. 고급 선원의 식당이나 휴게실을 싸롱이라하고 그 관리와 서비스가 내 몫이다. 예전에는 전부 싸롱보이였으나 언제부턴가 우먼도 생겼단다. 그때 알았다. 선원들은 자기영역이 있고 외인의 침범을 싫어한다는 걸. 퇴선 방송이 나올때 조리수의 말이 생각났다. 퇴선 훈련에 내가 외인인가 아닌가헷갈리는 동안, 선원들이 내 방 앞을 뛰어 지나갔고 잠시 후 선내는 고요해졌다.

어, 여기 계셨네. 커피 물이 끓을 즈음 조리장이 면세용 맥주박스를 들고 얼굴을 들이밀었다. 선원식당에서 술 한잔할 거니안주 될 만한 거 좀 챙겨 달라 했다. 나는 전기주전자의 코드를빼고 안주를 챙겼다. 네댓 명 선원이 텔레비전 앞에 앉아 있었다. 항해는 순항이고 출항 엿새째가 되자 긴장이 풀리는 기색이었다. 접시에 필리핀 망고와 일본산 치즈, 먼바다에서 잡은 냉동 마구로와 김을 담아 내놓았다. 싸롱도 한잔 하셔야지. 갑판장이 내게 라거 캔 하나를 내밀었다. 커피를 마시려던 참이어서망설이는 나에게 조리장이 한마디 보탰다. 신고식은 해야지요.조리장이 옆자리를 손짓해서 가 앉았다. 몇 개의 캔이 다가와부딪혔고 첫 모금은 차고 썼다. 캬~. 누군가의 감탄 뒤에 조리수가 말했다.

태풍이 온대.

반바지에 면 티셔츠 차림의 조타수는 브리지 근무라 기상정보가 빠르다. 이름이 에위니아라나. 조타수는 치즈 조각을 집어 들었다. 착한 사람이 승선했으면 고이 지나갈 거고, 악한 사람이면 우리까지 덤으로 고생하겠지 뭐. 갑판장이 대수롭지 않게 받았다. 나를 두고 하는 말 같았다. 태풍이라니. 더럭 겁이 났다. 영화에서 본 무시무시한 태풍이 떠올랐다. 하룻강아지처럼 뭣 모르고 승선한 대가를 치르는 게 아닐까 싶기도 했다.

조기장이 텔레비전 채널을 돌리며, 첫 항해데 융단 같은 바다만 보고 가면 사기라고 으름장을 놓자 갑판장이 맞장구를 쳤다. 그럼 그럼. 바다가 맨날 돼지껍질처럼 벤질벤질한 줄 알 거야. 태풍 맛을 한번 봐야 배 맛을 아는 거지. 때마침 현창으로 허연 파도가 물갈퀴를 세우며 달려왔다. 한바다로 들어서면서 거칠어진 바다였다. 시퍼렇게 일어서는 파도를 보면 겁이 났지만 그 때마다 선원들에게 눈을 돌렸다. 바다가 뒤집히건 말건 느긋한 선원들을 보면 안심이 되었다. 베테랑들이 태평하니 걱정하지 않아도 될 것 같았다. 그래서인지 가끔 배가 아니라 육지에 있는 것 같은 착각을 했다. 느닷없이 배를 타게 된 것도 우연히 만난 갑판장 덕분이었다.

태풍이 오면 어디서 피해요?

조리수에게 묻자 조타수가 대답했다. 바다 한가운데 피할 데가 어디 있어요? 그냥 죽기 살기로 맞짱 뜨는 거지. 갑판장이 생각났다는 듯 나를 보았다. 고박(固舶)이라고 들어봤어요? 태풍이 오면 배의 모든 걸 묶는 거 말이오. 배의 기물은 그래서 전부 붙박이인 겁니다. 선실 침대나 책상 등. 오 여사는 체중이 얼마나 되시나? 갑판장이 내 몸을 짯짯이 훑어 내렸다. 오십 키로 이하인 사람도 침대나 장롱에 묶어야 하거든. 안 그러면 사람도 물통처럼 막 굴러다니니까. 날아가기도 하고. 영화에서 그런 장면 봤지요? 설마 하는데 다른 선원들의 시선도 일제히 내게 쏠렸다. 머리끝이 곤두서면서 우물거리자 공기까지 긴장되었다. 팽팽한 긴장의 한가운데서 누군가 픽— 웃음을 빼물었다. 어허이. 갑판장이 얼른 핀잔을 주어도 산통은 순식간에 깨져 나갔다.

좋아. 그럼 체중은 통과된 걸로 치고…. 갑판장이 능청을 떨었다. 요즘 신입들 군기가 빠져 큰일이야. 세월이 하도 요상해서 말이야. 갑판장은 새 라거 하나를 내게 들이밀며 눈을 부라렸다. 입가심은 했으니 승선 기념주, 원 샷이오. 중간에 끊으면 세 배 추가고. 맞아, 맞아. 예전 같으면 캔 하나는 인사고 바로 폭탄주 세렌데. 여자라고 너무 봐주는 거 아냐? 조리수가 거들었다. 찬 맥주가 목 근처에서 까끌거렸다. 2기사가 나타난 게 그때쯤이었다. 하얀 작업복에 뿔테 안경을 쓴 2기사가 웃으며 들어왔다. 어? 단합대회 하시네?

어서 오시라. 신참의 신고식을 받는 중이다. 갑판장이 너스레를 떨고 2기사는 조리사에게 남은 밥 있느냐고 물었다. 기관장님이 식사를 못하셨다고 했다. 비척거리고 일어나 주방으로 가는 조리장을 따르는 2기사를, 갑판장이 잡아 캔 맥주 하나를 넘겨 주었다. 푸쉬. 차가운 연기가 피어 오르는 캔을 2기사는 선 채로 냉수처럼 비워냈다.

갈수록 기강이 약해져 큰일이오. 입사주를 물로 보는 신참을 어떻게 하면 좋나? 돛대에 매달아 용궁 구경을 시켜 버릴까. 갑판장이 심각한 척하자 2기사가 나를 흘깃 보았다. 그래요? 큰일이네, 우선 환영식부터 하고 군기를 잡으시죠. 요즘 워낙 노조니 인권이니 떠들어대니…. 환영의 뜻으로 제가 발렌타인 한 병을 쏘지요. 우. 환성이 터졌다. 조리장이 젓가락으로 테이블을 다다다, 두드리고 갑판장은 발로 바닥을 굴렀다.

2기사가 식판에 밥을 챙겨 들고 나간 후 조리장이 비죽거렸다.

난 저런 인간 젤 싫더라. 시간 지나 밥 달라는 인간 말이야. 그리고 지가 뭔데 발렌타인을 낸다는 거야. 똥폼은 혼자 다 잡는다니까. 갑판장이 마구로 한 점을 와사비장에 찍어 조리장의 입에 쑤셔 넣었다. 고맙잖아. 사관이라고 폼도 안 잡고 분위기 맞추려 애쓰고. 일하다 보면 밥 놓치기 일쑤지. 아랫사람이 상관 밥 챙겨 주는 건 도리고. 자넨 그 꼬장한 성질 좀 버려. 그런데 기관장 좀 이상한 사람 아니야? 갑판장이 주위를 살피며 물었다. 이상하기보다 좀 별나지. 조기장이 대답했다. 우리 같으면 마누라에게도 그렇게는 못 할 거야. 그러고는 기관장에 대한 뒷말이 쏟아져 나왔다. 기관장은 알콜중독자다, 아니다 기계에 미쳤다, 사람보다 기계와 더 친하다, 막장 같은 기관실에 시달려 맛이 살짝 갔다, 평생 돈 버는 기계 노릇만 하다가 늘그막에 마누라에게 이혼당했다 등등.

아, 마누라에게는 왜 쫓겨나. 지가 차 버려야지. 역정을 내던 갑판장이 나와 시선이 마주쳤다. 근데 오 여사는 어쩌자고 배 탈 생각을 하셨수? 단도직입적으로 물어 왔다. 술기운으로 번들거리는 눈이 궁금한 걸 오래 참았던 모양이다.

은근히 오르던 취기가 멈췄다. 대답을 미적거리자 조리장이 끼어 들었다. 왜긴 왜야. 그걸 몰라서 물어? 돈 벌러 배 탄 거지. 자네처럼 말이야. 맞는 말이다. 돈을 벌어 먹고살아야 했다. 남편이 보내 주는 돈은 불규칙적이고 내 손으로 나를 먹여 살리고 싶었다. 달콤하고 딱딱한 말린 망고 조각을 입에 넣었다. 남편과의 첫 만남도 딱딱하고 쫄깃했다. 사내 단합대회가 있던 지리산 칠선 계곡에서였다. 통돼지 바베큐를 가운데 두고 술잔을 돌리며 노래를 부르고 게임을 했다. 술 부르고 배부른 사람들은 화장실엘 들락거렸고 나도 화장실에 갔다가 손을 씻으러 계곡으로 내려갔다. 몇 잔 들이킨 소주와 맥주에 얼굴이 달아올랐고 흘러가는 물살이 우렁찼다. 사람들의 소란과 상관없이 계곡물은 딴 세상으로 아우성치며 쏟아져 내렸다. 무엇이건 떼매고 갈 기세였다. 가벼운 나뭇잎과 지푸라기 몇 개도 소용돌이의 한 켠에서 맴돌다가 한 자락이라도 살짝 휘말리면 사정없이 딸려 들려갔다. 흠집 없는 나뭇잎도 어딘가에서 떨어져 내렸다. 떨어진 잎은 종이배처럼 잠시 돌다 빠른 물살에 끌려 들었다. 생도 그런지 모르겠다. 알 수 없는 곳으로 떨어진 존재. 같은 시간 같은 장소에서 어떤 무리에 섞인 것도 사실 우리가 모르는 의지의 작용일지 모른다. 함께 흘러가면 무언가 의미가 생기고 살아지겠지. 와와 쏟아지는 물살이 그렇게 말하는 것 같았다. 저렇게 살아야 하는데 말이야. 목소리 하나가 들려왔다. 고개를 드니 위쪽 우듬지에 최 실장이 앉아 있었다. 안 그래? 미스 박? 생가지 하나를 꺾어 들고 나를 보는 얼굴이 허허로웠다. 저 나뭇잎처럼 한번 살아 봐야 하지 않겠어? 최 실장은 들고 있던 생가지를 계곡으로 던져 넣었다. 내 인생이 어떻게 되나 한번 보자, 하고 말이야. 무어 그리 지지 않겠다고 안달복달하고 살아야 해? 최 실장이 일어서며 손을 탁탁 털었다. 술기운 탓으로 목이 발간 최 실장에게 나는 고개를 끄덕여 주었다. 나는 미스 박이 아니지만 착각으로라도 나를 아는 척하는 게 싫지 않았다. 그때 나는 신입사원이었고 부서가 다른 최 실장이 나를 알 리 없었다. 그가 나와 비슷한 생각을 하고 있는 것도 재미있었다. 아까 최 실장이 흘려 보낸 잎이 아카시아였던가. 흘러간 나뭇잎을 되새기며 시작해서인지 지금도 나는 돌아오지 않는 그를 탓하지 않는다. 떠도는 그 대신 고치의 견사(絹紗)처럼 붙어 있는 자신을 뒤적여 볼 뿐.

아니지. 나는 바다가 좋아서 배를 타는 거라고.

갑판장이 소리를 높였다. 마누라가 무서워서가 아니고 이 짓이 좋아 배를 탄다고? 조기장이 깐죽거렸다. 됐네. 됐어. 그럼 다음엔 자네 마누라더러 한번 오시라고 해. 바다는 멋진 곳이니 마눌님도 오 여사처럼 한 항차 해보시라고. 다들 술이 오르면서 말이 헤퍼지고 유치해졌다. 2기사가 발렌타인 병을 들고 등장하면서 분위기가 달아올랐다. 갑판장이 반색하며 라벨을 확인했다.

17년산(産)! 와오. 함성이 휴게실을 흔들었다. 나는 보조 주방으로 가서 얼음과 우유를 가져오고 조리장은 능숙하게 폭탄주를 제조했다. 이게 마지막 잔입니다. 자기 앞으로 온 폭탄주에 2기사가 다짐하더니 그 후에도 그는 엉덩이를 붙이고 앉아 있었다. 폭탄주는 내게도 돌아왔다. 그래, 배 타 보니 어때요. 할 만해요 누군가 물어 왔고 나는 독한 술을 홀짝이며 고개를 흔들었다. 텔레비전은 혼자 떠들고 분위기는 활활거렸다. 이제 한 배를 탄 가족이니 모르는 거 있으면 언제든 나를 찾아오소. 갑판장이 호언하자 조리장이, 이 사람에게 가 봐야 아는 것도 없어. 갑판 청소? 깡깡? 창고 정리? 그런 거라면 모를까. 그런 와

중이었을 거다.

　나는 말이에요, 배가 단순한 기계덩어리라고 생각지 않아요.

　2기사가 말했고 갑판장이 눈을 희떴다. 항구가 보이기 시작
하면 배가 어쩌는 줄 알아요? 어쩌는데? 미치는 거죠. 폭탄주
에 캔을 마시던 2기사도 술이 도는 것 같았다. 좋다고 배가 미
치는 거예요. 그때 설치는 모양새가 영락없이 바람 든 여자 같
다니까요. 갑판장이 빈 맥주 캔을 주먹으로 우그러뜨렸다. 에
라이, 순~! 밑에서 엔진을 팍팍 올려 세우니까 그렇지. 배가 지
정신으로 촐랑거리는 거야? 당신이 안 해도 말이지, 다른 기관
부원들이 엔진을 팍팍 닦아 세우잖아. 빨리 항구에 들어가자
고. 그러니 배가 미친년처럼 나불대는 거지. 대여섯 개의 빈 캔
위로 집어던진 우그러진 캔이 비명을 질렀다. 아니예요. 2기사
도 지지 않았다. 나는 배에 감정이, 영혼이 있다고 생각해요. 그
의 눈에 열이 모였다. 웃기고 있네. 소설 쓰나?

　입항할 때뿐만 아니다, 기관 파트에서 일해 본 사람은 누구나
안다, 배가 단순한 기계 덩이가 아닌 걸. 기관장을 한번 봐라.
엔진과 얘기도 한다. 두 사람의 언쟁을 듣고 있던 조기장이, 그
래. 맞아. 기관장은 기계와 얘기도 한다고 판정을 내리자 갑판
장이 콧방귀를 뀌었다. 조리장이 술내를 풍풍 풍기며 내게 소근
거렸다. 영혼? 감정? 웃기고 자빠졌네. 2기사 저 작자 석사 출
신이라고 말하는 것마다 먹물 티를 낸단 말이야. 나도 취했던

74

모양이다. 2기사님. 나도 기관실 구경 좀 시켜 주세요, 했으니.
사실 기계나 엔진엔 관심이 없었다. 에어컨이 시원하다고 에어
컨의 구조를 알고 싶지 않듯이. 하지만 기계에 감정과 영혼이
있고 기계와 얘기하는 기관장까지 있다는데 모른 척할 수 없었
다. 그런데 내 말을 들은 2기사는 정신이 드는 듯 갑자기 입을
닫아 버렸고 조기장이 토를 달았다. 기관장이 싫어할 걸.

　기관장은 여자를 싫어하고 새 기계가 들어와 정신도 없다고
했다. 그래서 식당에도 내려오지 않는다는 거였다. 승선 이후
기관장을 만난 적이 없었다. 배에 오른 첫날, 선장과 사관들에
게 인사를 했다. 선장과 1항사, 1기사 정도만 알던 때였다. 1항
사가 사관휴게실에서 나를 소개했을 때 십여 명 정도가 테이블
에 앉아 있었는데 그때도 기관장은 없었던 모양이다.

　기계에 영혼과 감정이 있다던 2기사는 막상 내가 기관실을 보
고 싶어 하자 당황했다. 하기야 나 역시 생각지도 못한 제안이
었다. 뜻밖에 2기사가 우물거리자 나는 괜히 무안해져 폭탄주를
홀짝거리고 마구로를 집어 먹었다. 아이스크림처럼 차가워야 할
마구로는 녹아 비릿했다. 기관장이 싫어할 거라는 말도 마구로
처럼 질척하게 걸렸다. 오 여사도 이젠 한 배를 탄 식군데 기관
실 정도는 봐야 할 거 아뇨? 갑판장이 나를 거들고 나섰다.

　기관실 문에는 '관계자 외 출입금지'란 팻말이 붙어 있었다.

두 줄로 그어진 붉은 사선엔 거부의 의지가 선명했다. 이상도 하지. 금지가 분명할수록 침범하고픈 유혹도 왜 비례하는 건지. 2기사는 기관실로 내려가기 전에 내 복장부터 단속했다. 치마나 슬리퍼는 금지, 바지를 입고 끈이 없는 운동화를 신을 것. 그의 복장도 스즈끼라 불리는 내리닫이 통옷에 작업모, 작업화 차림이었다. 기관사들의 복장에는 그들의 여자이기도 한 배의 요구가 느껴졌다. 사유분방한 외부인의 패션은 수많은 기계들에게 위험이 될 수 있었다. 옷 한자락, 신발 끈 하나, 머리카락 한 올도 정교하고 섬세한 기계에겐 이물(異物)이나 교란이 될 가능성이 컸다. 기관실로 향하는 통로에서부터 역한 기름 냄새가 풍겨 왔고 2기사를 따라 계단을 내려서면서 취기가 얼어 붙으며 긴장이 몰려왔다.

이 배는 30층 아파트와 높이가 같아요. 배를 수직으로 세웠을 때의 길이가 그렇다는 거죠. 배의 크기는 기관의 크기를 좌우하고요.

직업 의식일까. 2기사도 기관실로 들어서면서 술기운이 걷힌 안색이다. 30층 아파트라. 숨을 들이 마시며 30층에 적합한 기관을 상상해 본다. 지금껏 눈으로 보고 지나왔음에도 전체가 가늠되지 않는다. 30층 아파트는 고사하고 단 한 사람, 남편의 기관도 짐작되지 않는다. 그가 외국을 떠돈 지 수년 째. 도대체 그의 동력은 얼마만 할까. 부두에서 갑판장을 만난 날도 남편과 통화를 끝내고 혼자 걷고 있던 때였다. 날 보면 몰라볼 걸. 완전히 깜둥이가 되었어. 수화기 너머에서 그의 목소리는 여전했다. 성수기여서 정신이 없어. 몇 팀을 포인트에 앉혀 손맛을 보게 했더니 소문이 났나 봐. 그는 손님이 물고 물린다고 했다. 그런다고 사장이 월급을 더 주나. 나만 죽어나는 거야. 요즘 어딜 가나 한국사람 판이야. 여기가 한국인가 착각할 정도라니까. 그쪽 경기가 엉망이라면서 놀러 오는 사람은 왜 이리 많지? 하기야 그래서 동남아로 몰려드는 건지 모르지. 나는 간간이 대답만 하다가 뻔한 소리를 늘어놓았다. 끼니를 거르지 마라, 과일을 많이 먹고, 선크림을 챙겨 발라, 피부암 무서운 거 알죠? 주절거리다 통화를 끝냈다. 차라리 그가 요즘 만나는 여자들에 대해 얘기했다면 속이 시원했을 것이다. 이국에서 접하는 색다른 문화와 사람들. 특히 사고방식이나 가치관이 다른 여자들은 그와 나의 호기심의 대상이었다. 언제부턴가 그는 같은 업소에 있거나 인근에서 일하는 여자 이야기를 줄여 갔다. 필리핀 여자 아이린은 이제 겨우 스물한 살인데 아들이 하나 있고, 필리핀 친정에 맡긴 아이의 생활비를 위해 방콕으로 새로운 일자리를 찾아 떠났다는 얘기가 마지막이었다.

그의 외국행은 해외 지사 발령이 시작이었다. 근무하던 선박 브로킹 회사는 그를 그리스 지점으로 보냈고 자리를 잡으면 나를 데려가기로 했다. 하지만 그가 자리를 잡기 전에 회사는 도산했고 귀국을 미루던 그는 말라카로 건너갔다. 말라카에서 오퍼상 비슷한 걸 차리더니 제법 번창하다가 쓰러지자 태국으로 건너가 게스트하우스를 임대해 운영했다. 그 역시 시원찮자 지금은 파타야에서 낚시 투어 일을 한다. 그에게 피부암 운운했던 나는 통화를 끝내고 정작 모자도 없이 걸었다. 8월 한낮의 태양은 파타야가 아니어도 살인적인 데가 있었다. 크고 작은 선구점과 해운회사가 있는 선창의 태양도 파타야처럼 뜨겁다. 쇳가루와 짠내, 기름 분말이 공기 속을 부유하는 부두는 크고 작은 배들이 빼꼭 들어차 기적을 울려 댔다. 못 보던 배도 있고 대양에서 막 돌아온 배도 보였다. 떠날 차비를 하는 배에는 부식이며 소모품을 보급하는 상인들이 들락거리고 오대양이라는 배는 지독히 낡아 선명(船名)을 알아보기도 힘들었다. 마스트에 매달린 깃발도 금방 떨어져 나갈 듯 낡아 있었다. 얼마나 떠돌다 정박한 걸까. 그도 저 정도로 지치면 돌아올까. 아니 삭아 너덜거리는 깃발이 어디에도 가지 못하고 묶여 있는 내 모습 같았다. 그때였다. 한 사내가 줄사다리를 타고 녹물이 벌건 오대양호에서 내려왔다. 갈색으로 그을린 선원은 오대양 호에서 작은 배의 갑판으로 뛰어내렸다. 작은 배는 느닷없이 뛰어내린 선원을 받아 안고 기우뚱거렸고 사내는 그러건 말건 작은 배를 두어 척 건너 부두로 뛰어올랐다. 시내로 한시 바삐 들어가고파

조급해하는 것 같았다. 그러다 나를 발견하고는 뭐요? 하는 시선을 보내더니 시내 쪽으로 돌아섰다.

저어….

이미 돌아선 선원을 향해 나는 입을 떼었다. 어쩌자는 작정도 없었다. 사내가 걸음을 멈추고 돌아보았다. 이 배, 어디로 가는 밴가요? 황당한 질문이 내 입에서 나왔다. 그도 이게 무슨 소린가 하는 낯빛으로 퉁명스레 대답했다. 어디로 가다뇨? 오대양 육대주 다 가요. 한눈에도 이곳 사람이 아니었다. 배와 선원이 낯선 게 내게 용기를 주었다. 언제 만날지 알 수 없는 사람이었다. 그래서 나는 그를 불러 세울 수 있었을 것이다. 일자리를 찾고 있어요. 혹시 배에서 제가 할 일이 있을까요? 일자리요? 선원이 어이없다는 듯 되물었다. 나는 요리도 잘하고 주방일도 잘한다고 천연스레 거짓말을 했다. 선원이 미심쩍은 눈으로 나를 살피더니 바지주머니에 손을 넣어 핸드폰을 꺼냈다. 선장님. 여기 부둔데요. 어떤 아줌마가 일자리는 찾는데요. 나이요? 글쎄 아가씬가 아줌만가 모르겠는데요…. 일단 대리점 사무실로 와 보라고? 예 예. 이력서 가지고.

아마 유명 회사나 깨끗한 신조선의 선박이라면 어림도 없었을 것이다. 언제 폐기처분이 될지 모를 노후선이기에 오대양 호에 승선할 수 있었고, 지금 배는 잡화를 싣고 일본 나가사키와 대만 화련을 거쳐 푸켓으로 가는 중이다.

요즘은 워낙 큰 배가 많지만 그래도 우리 배 정도면 세계일주
도 거뜬하죠. 30층 아파트 크기란 말에 대한 내 반응이 신통찮
았는지 2기사가 대뜸 세계일주를 들먹인다. 웃기시네. 주황색
작업복 사내가 엔진 텔레그래프 앞에서 빈정거린다. 발밑이 죽
음인데 세계일주는 무슨. 그가 몸을 일으키며 책상 위의 면장갑
을 집어 든다. 2기사는 워낙 성질이 좋은지 그 말을 듣고도 불
쾌한 기색이 없다. 주황 작업복 사내가 벽에 걸린 안전모를 떼
어 출입문 쪽으로 가다가 내 뒤를 스치며 느닷없이 내 엉덩이
를 꽉 움켜잡는다. 어데 우리 아지매 이쁜 엉덩이나 한번 만져
보까. 워낙 순식간이라 나는 얼떨떨하다. 쓸데없는 소리 집어치
아라. 2기사에게 한마디를 던지고는 유리문을 밀고 나간다. 기
계들의 합창이 왁 밀려오다 출입문이 닫히면서 뚝 잘린다. 주황
작업복 사내는 기계 동굴 속으로 건들건들 걸어 들어간다.

저런 기관장, 이젠 드물지요.

2기사의 눈에 잔잔한 애정이 고여 있다. 저 사람이 기관장이
라고? 배에서 선장 다음의 권위자이고 출항 이후 식당에 나타
난 적이 없던 2인자란 말이지. 위엄은커녕 푹 삭은 늙은이로 보
일 뿐인데. 뱃사람들 본래 입이 거칠지요. 저분이 바로 귀마개
도 안 하는 진짜 기관장이랍니다. 그래서 귀도 난청이 되었지
요. 입보다 손이 더 거친데요. 내가 쏘아붙이자 2기사가 큭큭거
린다. 그렇지요? 보통 손이 아니니까. 귀를 바치고 얻은 손이거

든요. 사모님도 난청 때문에 헤어졌다던데. 말이 안 통한다고 자주 싸웠다고 하데요. 엉덩이 한쪽의 악력이 우릿하다. 이 철판 밑이 죽음이죠. 우린 한시도 그걸 잊지 못해요. 배의 운명은 기관의 운명이다, 기관이 고장 나면 배는 한갓 고철덩어리다, 바다에 빠지면 구명조끼를 입어도 사람은 저체온증으로 사망하기 십상이다, 오여사의 승선을 반대한 사람도 기관장이다. 2기사의 설명이 계속되는 동안 초록, 회색, 흰색의 기계 사이에서 기관장의 민머리가 불쑥 나타나다 사라진다. 작업복의 주황색이 바다의 부표 같기도 하다.

조심해요.
담뱃불처럼 조그맣고 빨간 손전등을 발밑에 비추며 2기사가 주의를 준다. 습기 때문에 바닥이 미끄럽다. 어둑하고 미끈거리는 선미 갑판으로 더듬어 올라오자 시커먼 연통이 막아선다. 기관실 한쪽에 사람 한 명이 드나들 만한 연통이 천정을 향해 뚫려 있고, 그 안에 줄사다리가 있다.
배에선 층을 데크(deck)라고 하는데 지금처럼 배가 누워 있을 때는 7층이거든요. 급한 일이 생겼을 때 이 쇠뚜껑을 열면 바로 기관실로 내려갈 수 있지요.
그러니까 연통은 갑판에서 기관실로 직통하는 통로라 했다. 기관실 순례의 종착역이 선미 갑판이다. 어제까지 내가 다녔던

부분은 전부 여자의 겉부분이었다. 여자의 내부, 즉 심장이나 창자, 대동맥과 실핏줄은 이제 확인한 셈이다. 기관은 뜨겁고 깊으며 휴식을 모르는 철의 여인이다. 낮의 배가 브리지와 갑판, 마스트와 선창, 항해사와 갑판부원과 갈매기의 세계라면 어둠의 배는 메인 엔진과 실린더, 피스톤의 점령지다. 소금기 먹은 밤바람이 화락화락 달려들어 난간을 움켜쥔다. 태극기가 몸서리치며 펄럭이고 난간은 어느 부분 할 것 없이 끈적하고 미끈거린다. 강철로 된 배의 난간은 규칙적인 배의 박동이 고스란히 담겨 있다. 뱃사람들은 오대양이라는 늙은 여자에게 모든 것을 걸고 죽음의 바다를 건너는 중이다.

고소한 냄새와 달그락거리는 소리에 눈을 뜬다. 동그란 현창으로 바다가 뿌옇다. 주방에서 아침 식사 준비를 하는 소리다. 조리장은 엊저녁 술을 많이 마셨는데 제 시간에 어김없이 일어난 모양이다. 6시 3분. 식사 전까지 시간이 남아 나는 홑겹의 점퍼를 걸치고 갑판으로 나간다. 수평선이 흐릿하고 안개가 뿌옇다. 고등어 등빛깔의 바다가 임신한 여자의 배처럼 부풀어 있다. 볼 때마다 바다는 다른 모습이라 그 변화가 두렵고도 신기하다. 천의 얼굴과 천의 소리. 육지와 전혀 다른 이질(異質)의 세계는 불가사의하다. 그럼에도 별 탈 없이 지내는 것은 선원들 덕분이다. 선원들 사이에 있으면 마치 육지에 있는 것 같다. 갑판에서 흐린 수평선을 보거나 선실에서 커피를 마실 때 텔레비전을 보면서 일을 하고, 기관실의 열기에 진저리를 치는 순간에도 그랬다. 내가 둔해서일까.

날치 한 마리가 솟는다. 하르르 하르르. 인적 없는 대자연의 수면을 한동안 날다 물속으로 떨어진다. 배의 속력은 12노트라 했다. 배의 속력보다 빠르던 날치는 한 번의 비행으로 기력을 소진한 모양이다. 날치는 왜 나는 걸까. 날치의 비행은 오래된 욕망일까. 그도 날치처럼 날고 싶어 했다. 한 곳에 매이는 걸 싫어했다. 경쟁하고 비교하고 남을 밟고 올라서는 시스템을 지겨워하고, 욕망이 세습될까 두려워 아이도 마다했다. 그의 욕망, 비행의 탈출욕은 얼마나 해소되었을까.

세상이 지구 아닌 해구(海球)라는 상투적인 사실은 승선 첫날, 해안 단애를 떠난 배가 물의 천지 들어서면서 실감했다. 새로운 각성이나 언어적 체험과는 다른 육박감이었다. 고등어 등빛깔로 부푼 바다를, 나는 날치의 눈으로 들여다본다. 스크루가 쉼 없이 돌아가는 거대한 공장(工場)이 보인다. 물 속의 늙은 여자가 대견하고 안쓰럽다.

안녕하세요?

1항사가 상갑판에서 내려온다. 베이지색 근무복이 해군장교 같은 1항사는 당직 순찰을 도는 모양이다. 바다가 많이 부풀었죠? 에위니아가 가까워지고 있어요. 그렇구나. 그래서 바다가 부풀었구나. 이게 바로 태풍의 전조구나. 정말 피항하지 않고 태풍을 맞을 모양이다. 슬며시 겁이 난다.

에위니아 때문인가. 선장의 명태국이 스르르 미끄러진다. 옆에 앉은 1항사가 잽싸게 국그릇을 잡는데 이번에는 식당 전체가 좌우로 일렁거린다. 1항사가 테이블 냅킨을 접어 국그릇 밑에 밀어넣자 사선으로 기울던 국그릇이 식탁 위에 붙는다. 선장이 명태국을 한 술 떠 올리자 뚜 하고 벨이 운다. 아침 식사를 하던 사관들이 일제히 수저질을 멈춘다.

파이어 알람이네. 1기사가 식사를 중단하고 밖으로 나간다. 뚜뚜. 벨소리가 이어지고 기관부원 두 사람이 복도를 달려 가는 게 보인다. 기관실이야. 기관실! 선원들이 달려가며 주고받는 말에 귀가 곤두선다. 선장이 수저를 놓자 두어 사람이 덩달아 수저를 내린다. 또 오작동인가? 선장이 1항사에게 묻는다. 그러게요. 1기사가 내려갔으니 곧 알 수 있겠죠. 1항사는 계란찜과 부추 무침을 입에 넣으며 대답한다. 선장이 다시 수저를 들고 밥을 국에 말아 후룩후룩 떠넣는다. 다른 사관들도 서둘러 식사를 하고 하나둘 식당을 빠져나간다. 평소 같으면 커피나 과일을 들면서 가벼운 얘기를 나눌 사관들이 눈치껏 나가자 식당엔 선장과 1항사만 남는다. 파이어 알람, 아직도 그거 못

고쳤나? 몇 번의 수저질로 밥 한 그릇을 말끔히 비운 선장이 묻자 1항사는 볼록거리는 입으로 대답도 잘한다. 그거 고치느라 기관장이 지금껏 기관실에서 나오지 않고 있다, 기계적인 문제는 없는데 이렇게 한 번씩 오작동을 한다더라.

나는 커피와 디저트를 챙기기 위해 보조 주방으로 간다. 늦었다. 평소엔 선장의 식사가 시작되면 후식 준비를 시작하는데 분위기를 보느라 늦어졌다. 선장은 식후 과일을 즐기고 1항사는 원두커피를 좋아한다. 오늘의 디저트는 오렌지와 방울토마토다. 육지에서 멀어지면서 신선한 과일이 줄어들어 오래가는 오렌지로 바꾼 것이다. 두터운 껍질을 칼질하는데 조리장의 목소리가 들려온다. 주방과 벽 하나 사이가 내가 있는 보조주방이다.

2기사는 석사라며 이런 것도 못 잡아? 기생오라비처럼 생겨가지고 기관실이 여자 데리고 유람하는 곳인 줄 알아? 조리장은 말끝마다 석사 타령이다. 어제 내가 기관실 구경한 게 못마땅한 모양이다. 아니오. 기계는 아무 이상이 없다던데요. 대답하는 조리수의 음성은 조금 높다. 이게 이상이 없는 거야? 아침 밥도 못 먹게 댓바람부터 나발 부는데? 돈 있으면 석, 박사는 누구나 따는 거고. 그런 놈들은 비상시에 절대 현장에 안 들어가. 내가 척 보면 안다고. 여자 꼬시는 거나 잘하지 얼마나 약아빠졌는데. 이어서 조리장이 한숨을 내쉬었다. 기관장 영감, 이

번 항차로 옷 벗는다던데 그럼 어쩌지? 누구 믿고 이 똥배를 타냐고? 아, 새 배 타면 되지요. 시끄러! 임마. 누구 약 올리냐. 너도 임마, 먹물 들면 꼭 2기사처럼 될 놈이야. 디저트 쟁반을 들고 나는 식당으로 간다.

뚜뚜뚜. 걸음마다 경보음이 따라온다. 마치 부서진 건반을 디디는 것처럼 불안하다. 이 바다에서 무슨 일을 당하면 그가 알기나 할까. 사관 식낭 문턱을 넘자 소리가 멎는다. 갑자기 정적이 밀려온다. 어딘가 미심쩍다. 불길한 경적 다음이라 그런가 안심이 되지 않는다. 기관실에 가 보고 올게요. 1항사가 커피도 못 마시고 일어선다. 식탁 의자에 등을 기댄 선장 혼자 남는다. 선장은 과일 쟁반을 보고도 오렌지 대신 원두커피 잔을 집어 천천히 마신다. 눈자위에 초조한 기운이 서린다. 식탁엔 반찬과 밥이 많이 남았다. 빈 접시를 모으고 남은 반찬을 쓸어 담는다. 뚜우. 그쳤던 파이어 알람이 다시 운다. 선장이 번쩍 눈을 키운다. 눈빛이 날카롭다. 기관실로 내려갔던 이는 아무도 돌아오지 않고 벨소리가 식당을 채운다. 사관 식당은 소리를 담는 수조가 된다. 그릇들이 다시 흔들리고 식탁이 달그락거린다. 나는 신음을 삼키고 선장을 건너다본다. 선장과 눈이 마주친다. 짙은 회색, 바닥을 가늠할 수 없는 바다보다 깊은 눈이다.

시커 호

이상한 일이다. 왜 열흘이나 뒤지고도 배를 찾지 못했을까. 인도줄도 잡지 않고 하강하는 규상을 보면 꽤 자신이 있어 보이는데 말이다. 위에서 내려다보는 규상은 가오리처럼 납작하고 유연하다. 규상은 파트너와 함께 열흘 동안 바다 밑바닥을 뒤졌지만 시커(seeker) 호를 찾지 못했다. 그들은 제대로 교육을 받은 잠수부로 실력이 뛰어나고 좌표도 분명했다. 수색에 동원된 다이버 여섯 명 모두 일류 잠수부인데도 아직 성과가 없다니. 수색 열흘째로 접어들면서 호언했던 황 선장의 입술이 하얗게 말라가고 배에는 긴장이 감돌았다.

규상의 아래쪽은 밝은 녹색이 사라져 어둑하다. 밝은 것도 한없이 쌓이면 어두워지고 투명도 깊으면 무거워진다. 내가 수색선에 들락거린 것도 골방에 처박혀 침몰선의 도면을 그린 것도 쌓임의 일부인지 모른다. 이십 년이 누적되어 오늘 나는 규상의 대타로 이 바다로 내려간다. 수색선이 출항한다는 소식을 들은 날부터 아무것도 손에 잡히지 않았다. 괜히 배에 얼쩡거리며 다이버들이 산소통이나 장비 나르는 걸 도와주거나 뒤처리를 맡기도 하자, 황 선장이 처음엔 경계하더니 나중에는 모른 척해 주었다. 그러다 오늘, 열흘의 수색이 허탕으로 끝나자 나를 규상의 파트너로 선언했다.

레귤레이터*에서 한 움큼의 기포가 쏟아진다. 마우스픽을 사리물고 시야가 깨끗해지길 기다린다. 규상의 입수는 깔끔했다. 다이버가 물에 들어가는 순간 생기는 물방울 파편으로도 잠수부의 실력이나 기분, 컨디션 같은 걸 짐작할 수 있다. 규상이 물속으로 떨어져 내리자 물방울 몇 개가 부드럽게 수면 위로 떠올랐다. 제법인데. 이십 년 전의 자네를 보는 것 같군. 황이 무심결에 내 어깨에 손을 얹었다가 슬그머니 거두었다.
내가 저 아래로 다시 내려가다니. 머릿속이 가득 차올랐다. 살집 없이 핏줄만 불거진 황의 손이 내 어깨에서 떨어지길 기다렸다가, 뱃전으로 상체를 붙인 후 난간을 타 넘어 물속으로 몸을 밀어 넣었다. 황의 매 같은 눈이 따라왔다. 부러움과 기대, 질투가 섞인 눈을 뒤로하고 물로 내려서자 바다는 푸른 보자기

---

* (속도·온도·압력 등의) 조절 기관.

90

가 되어 내 다리를 감싸 안았다.

　오리발을 박차고 규상을 따라간다. 지느러미 같은 왼쪽 다리
가 물을 밀어내며 보조를 맞춘다. 자넨 물에서 자유로운 게 얼
마나 다행인가. 알코올에 취하면 황은 곧잘 그렇게 말했다. 나
를 위로한답시고 하는 말이지만 전혀 위로가 되지 않았다. 황이
잠수를 할 수 없게 된 자신을 비관하는 것으로만 들렸다. 그는
잠수를 접어도 배가 있어 먹고살 걱정은 없지만 잠수밖에 재주
가 없던 나는 달랐다. 잠수병으로 한쪽 다리를 못 쓰게 되자 땅
에서의 내 삶도 같이 절룩거렸다. 모든 게 황 때문이고 시커 호
때문이었다. 일거리가 떨어지고 생계를 해결하는 게 힘들었지
만 마음의 황폐함이 더 어려웠다. 그럴 때면 소주를 마시고 물
속으로 뛰어들기도 했다. 파르스름한 지옥, 공기 한 방울 없는
악마의 공간에서 구차한 생을 끝내려 했다. 하지만 그것도 결
코 쉽지 않았다. 물이 나를 받아 주지 않았다. 물은 한낱 쓰레기
를 밀어내듯 나를 자꾸 밀어냈다.

　밑으로 내려갈수록 시야가 어둡다. 이렇게 시야가 좁아지면
배가 가까이 있어도 알아볼 수 없을 것이다. 일류 다이버들이
이래서 허탕을 쳤구나. 미역과 감태 줄기에 휘감긴 지형은 눈에
익다. 산호초 군락도 여전한데 바닷속만 뿌옇게 탁해졌다. 생

물의 개체 수가 눈에 띄게 줄고 해조류도 탈색한 것처럼 제 색깔이 아니다. 황 선장이 여길 보면 뭐라고 할까. 그는 누구보다 잠수와 심해를 사랑한다. 다시 물속으로 들어올 수 있다면 목숨이라도 내놓을 것이다. 오죽하면 알콜도 그의 열정을 앗아가지 못했을까. 아니, 아니다. 황이 잠수를 할 수 없는 게 차라리 다행이다. 이렇게 더러워진 물속을 보면 분통을 터트릴 것이다. 시커 호 따위가 무슨 소용이냐며 욕을 퍼붓겠지. 그에게 바다는 절대적인 것이다. 쉬지 않는 청소부이자 정화조이고 거대한 비밀창고라고도 했다. 그와 잠수를 다닐 때 바다는 기이한 조물주였다. 황이 신세계를 보여 주겠다며 나를 꼬셨을 때 넘어가지 말아야 했다. 그곳은 분명 내가 태어나면서부터 보아 왔던 바다가 아니었다. 물놀이를 하고 해초를 뜯고 고기를 잡던, 창만 열면 이불처럼 노상 펼쳐지던 바다와는 다른 세계였다. 심해는 지상과 상관없이 위협적이고 잔인한 곳이다. 조금의 방심이 허용되지 않는 위험한 지대이면서, 땅의 모든 것을 사소하고 하찮게 만들어 육지의 삶에 보탬이 되지 않는 지옥의 공간이기도 했다.

오늘은 시커 호를 찾는 날이다. 출항 전 황은 여섯 명의 다이버를 갑판에 모아 놓고 선언했다. 오랜 물질로 푸르죽죽한 얼굴에 눈만 유리처럼 번득였고 소금기로 얼룩덜룩한 티셔츠는 바람에 흔들렸다. 나는 진정한 다이버들과 일하고 싶다. 허스키

한 목소리가 스산했다. 누구라도 불만이 있는 자는 오늘이라도 그만둬라. 냉랭한 눈으로 다이버를 한 명씩 뜯어보았다. 다이버들은 아무 말도 하지 않았다. 사실 일주일 내내 날씨가 좋지 않았다. 파고가 2미터 이상인 때도 있고 꽃샘 바람은 매섭고 물은 시리게 찼다. 그럼에도 황은 작업을 강행했고 악착같은 그의 고집에 다이버들도 어지간히 버텨 내던 중이었다. 사실 아무리 강한 다이버도 며칠만 허탕 치면 기운이 빠진다. 바다 한가운데 그닥 크지도 않은 수색선에서 하루를 보내는 것도 쉬운 일이 아니다. 오전에 나왔다가 오후에 육지로 돌아가더라도 열흘 작업은 다이버들이 지치기에 충분한 시간이다.

난 그만두겠소.

누군가 소리쳤다. 규상의 파트너였다. 왜? 도대체 무엇 때문에 이렇게 무리를 합니까. 좀 쉬어 가며 합시다. 그가 눈썹을 치켜올렸다. 우리에게는 휴식이 필요하다고요. 휴식? 황이 턱을 쳐들었다. 이봐. 휴식은 말이야. 목적을 달성한 후에 취하는 거야. 알겠어? 평생 바다에서 사느라 해풍과 알코올에 목소리가 걸걸해진 황이 핀잔하자 규상의 파트너가 인상을 쓰더니 팽하니 몸을 돌렸다. 그러거나 말거나 황은 팔을 뻗어 수평선을 가리켰다.

다이버의 쉬는 날은 날씨가 정하는 거야.

황이 쐐기를 박았다. 규상의 파트너는 잠수 장비를 챙겨 놓은 선실 쪽으로 들어가 버렸다. 우리 때는 말이야. 우리가 자네들만 했을 때는…. 황이 잠깐 말을 끊었다. 옛날 생각이 나는 모양이었다. 태풍이 오는 날도 물속으로 들어갔어. 다이버들이 낮게 한숨을 쉬었다. 지겹다는 표정이었다. 하지만 사실이다. 한창 때의 황과 나는 어떤 경우에도 몸을 아끼지 않았다. 가진 게 몸밖에 없기도 했다. 해녀의 아들로 태어난 황과 가난한 어부의 막내아들인 나는 바다 외에 미래가 없었다. 황은 최고의 잠수부가 목표였지만 나는 그런 야심도 없었다. 파트너가 필요한 황이 어정쩡한 나를 꼬셔 이 바닥에 들어선 거였다. 넌 정말 잠수를 잘해. 타고났어. 그런데도 넌 그걸 모르고 있어. 내가 아는 기술을 전부 가르쳐 줄게. 우린 최고의 팀이 되는 거야. 지금처럼 과학적인 장비나 체계적인 교육도 없고 고된 작업 후에는 체력을 보충할 고기를 사 먹을 돈도 없던 시절이었다. 황은 어디선가 주워들은 말 한마디, 한마디를 철칙처럼 믿고 나를 훈련시키고 자신을 다잡았다. 새로운 기술을 배울 수 있는 곳이면 황은 어디건 나를 끌고 다녔다. 인도줄 잡고 탐사하기, 해저 쓸기 같은 기술을 배우느라 타지역의 동굴 탐사팀을 죽어라 따라다녔다. 텃세가 심한 다이버들이 우리의 초라한 장비를 보고 비웃고 무시해도 황은 견뎌 냈다. 외지로 탐사를 떠날 때면 우리는 목돈인 회비를 내지 못해 취사를 자청하거나 다른 다이버들의 온갖 심부름을 도맡곤 했다. 황은 자신과 나를 그렇게

만들어 나갔다. 비교 대상자가 없고 인생의 다른 카드도 없어
우리는 서로가 경쟁자이자 스승이고 동료가 되기도 했다. 그
런 우리에게 공식적인 자부심을 선사한 게 시커 호였다. 시커
호로 인해 우리는 명실상부 최고의 다이버로 인정받을 수 있
었다.

　오늘은 정도 합류한다. 이제 남은 사람은 다섯. 갑판에 모여
있던 다이버들이 술렁거렸다. 뒤에 서 있던 나는 정신이 번쩍
들었다. 모두 알다시피 정 씨는 이십 년 전 시커 호를 발견한 증
인이다. 황이 목청을 높였다. 그는 누구보다 시커 호에 대해 잘
알고 있다. 오늘부터 규상의 파트너는 정이다. 황의 선언에 다
이버들이 서로를 쳐다보았다. 내 입에 침이 고여 왔고 그들이
나를 홀깃거렸다. 불신의 시선이었다. 아무리 경험자라지만 다
리 병신에다 사십을 훌쩍 넘긴 파트너와 어떻게 잠수를 하나,
하는 표정이었다. 그때였다. 규상이 내게 다가오더니 손을 내밀
었다. 배운 사람이라 역시 달랐다. 나는 반가운 내색을 숨기고
덤덤하게 손을 마주 잡았다. 기회는 예고 없이 파도처럼 떨어진
다. 우연처럼 철썩 떨어져 내리지만 우연은 아닐 것이다. 만일
우연이라면 그 우연 뒤엔 수많은 시간과 곡절이 쌓여 있을 것이
다. 우연한 만남도 세 번이면 필연이라지 않는가. 파도처럼 철
썩 떨어지는 우연은 그래서 누구도 벗어날 수 없다.

규상의 파트너가 장비를 한 보따리 짊어지고 선실에서 올라왔다. 그런 도전 정신이 살아 있는 다이버가 어디 있는지 한 번 찾아보시지. 마스크와 레귤레이터, 잠수복 따위를 짊어진 그가 빈정거렸다. 그러더니 갑판을 가로질러 선착장으로 뛰어내렸다. 규상이 따라가 말려도 소용 없었다. 황이 아무 말도 하지 않고 그가 멀어지기를 기다렸다가 직선처럼 곧은 눈으로 선언했다.

우리는 오늘 시커 호를 찾을 것이다.

정말 그 배를 찾을 수 있을까. 나의 왼쪽 다리와 청춘을 앗아가고 황의 인생을 휘저어 버린 배. 이름도 하필 시커(seeker)라니. 수색자, 도전자, 구도자(求道者)라는 뜻으로 상선으론 드문 이름이었다. 하긴 옛날에는 배 이름이 꽤나 낭만적이었다. 과거로 갈수록 바다나 배는 특정인만 드나드는 곳이었다. 과연 나는 그 배를 오늘 다시 만날 수 있을까. 수십 명의 인명을 삼키고 바닷속에 숨어 날 찾아보라고 속삭이는 괴물이자, 체계적인 교육을 받은 일류 잠수부들이 열흘을 뒤져도 모습을 드러내지 않는 침몰선을. 가라앉은 지 이십 년이나 된 배. 하지만 나의 지느러미는 알 것이다. 자신을 찾을 때까지 조용히 기다리고 있는 성채를 기억하고 있을 것이다. 보이지 않는 곳에서 누구도 밀어내지 않으면서 자신에게 다가올 누군가를 기다리는 시커 호를.

규상이 보이지 않는다. 방심한 사이 그가 사라졌다. 규상은 나보다 열 살 아래다. 한창 몸이 날렵하고 가벼운 나이다. 나는 인도줄을 잡고 오리발을 빨리 휘저어 내려간다. 시커 호를 발굴한다는 말은 미역귀를 따면서 들었다. 3월부터 마을은 돌미역 수확으로 바빴다. 새벽부터 물질을 나간 해녀들이 수심 1미터 아래 바다에서 돌미역을 걷어 오면 동네 사람들은 오후 내내 둘러앉아 그것을 손질했다. 자연산 돌미역은 마을의 특산물이자 한철 수입원이다. 돌미역 수확이 끝나는 5월 말까지 마을 사람들은 연중행사처럼 미역 채취에 매달려 5월이 되면 마을 길은 미역 덕장으로 바뀌었다. 그 작업이 끝나야 해녀들은 전복이나 해삼, 멍게 따위를 따러 더 깊은 물속으로 자맥질해 들어가곤 했다. 마을에는 늙은이와 어린애, 그리고 생존경쟁에서 밀려난 내가 전부다. 3미터 혹은 4~5미터 아래까지 검은 고무 옷에 납을 차고 내려가는 해녀들은 대부분 육십 대에서 칠십 대이다. 바닷바람에 영도댁의 앞머리가 돌미역처럼 흐느적거렸다. 나는 손에 잡히는 대로 잘라 낸 미역을 영도댁 앞으로 던졌고, 내 옆에는 조개 무덤처럼 미역귀와 줄기가 수북하게 산을 이루곤 했다. 손아귀 힘이 센 탓으로 내 일손이 제일 빨랐고, 해녀들은 내가 던진 미역의 불순물을 털고 길이를 맞추어 체반에 가지런히 펴서 널었다. 바람이 불어올 때마다 돌미역 향기가 기지개 켜듯 일어났다 스러졌다. 가끔 고개를 들면 길게 누운 미역 행렬이

번쩍거렸다. 평화롭게 보일 수도 있는 풍경이었다.

그러니까 또 선거철이 된 거여?

몇 개 남지 않은 이빨로 미역귀를 질겅거리며 포항댁이 물었다. 돌미역 더미에서 손을 놀리던 사람들은 손만큼 입도 놀리려 안달이었다. 아니에요. 선거가 아니고 전시성 정책이라는 건데요. 마을 소식통인 영도댁이 나섰다. 오십 대인 그녀는 해녀들 사이에선 새댁이고 세상 물정에도 밝았다. 그러니까 그게요. 요즘 일본의 방사능 누출 때문에 난리잖아요. 원자력 발전소도 위험하다고 환경단체와 민간단체에서 하도 떠들어 대니까 당국에서 난데없이 저 앞에 가라앉은 배, 이름이 뭐더라. 시커 …멓다나 어쨌다나 암튼 옛날에 가라앉은 배를 찾아내 기름을 빼겠다는 거예요. 잔존유 제거라고. 눈앞이 어질해진 게 그 순간이었다. 시커 호? 돌미역의 향과 손칼을 쥔 손의 감각이 사라졌다.

정 씨도 그때 같이 잠수했잖아. 황 선장과 같이.

주남댁이 나서자 누군가 맞장구를 쳤다. 그래 그래. 그 바람에 정 씨가 다리를 다쳤지. 또 누군가는 눈치 없는 말이라도 나와 내 기분을 상하게 할까 봐 얼른 눈총을 주기도 했다. 뭐라? 지금 와서 묵은 기름을 빼낸다고? 아이고 그럴 돈 있으면 우리나 좀 나눠 주지. 주남댁이 재치 있게 화제를 돌렸다. 어이 동장. 거 뭐야. 휴식년젠가 하는 거 우리 바다에도 좀 하자고 건의

해 봐. 우리도 보상금으로 좀 쉬고. 바다 밑도 자꾸 요리 파먹으니 요것들도 자랄 틈이 없잖여. 안 그래도 이 짓도 얼마 못 갈거라. 돌미역이 씨가 마르는데 방법이 있어야지. 사실이었다. 1미터 아래 깨끗한 돌멩이에만 붙어사는 미역은 갈수록 귀해졌다. 그러게. 이놈의 미역, 한 해라도 안 말리고 살아 봤으면 좋겠네. 돈을 바다에 처넣어도 그렇게는 안 할걸. 정부는 우리가 바다 오염에 이렇게 신경 쓴다, 그러니 걱정 마라, 그거 보여 주려고 돈을 퍼붓는 거니까.

근데 침몰선 찾는 일이 황 씨에게 떨어졌대요.

순간 돌미역이 손에서 헛돌았다. 시커 호 얘기가 나오면서 손이 풀리긴 했다. 그렇지. 황 씨만큼 이 바다를 잘 아는 사람이 없지. 또 주남댁이었다. 아이고야. 쥐구멍에 볕 들어왔네. 황 씨 요즘도 술을 그리 마시는겨? 웬걸요. 그 일을 맡고 나서 아주 사람이 바뀌었대요. 새벽마다 방파제를 달리고 낚시꾼 손님도 딱 거절하고. 자리가 사람을 만든다고 벌써 선장 가오가 푹푹 나던데요. 나는 손아귀에 힘을 주고 미역을 움켜쥐었다.

이십 년 전 그날, 해마다 찾아오는 여름 태풍으로 1989년, 상선 시커 호가 앞바다에 침몰했을 때 황과 나는 민간잠수사로 투입되었다. 황의 나이 서른하나, 내가 스물넷이었다. 그날 나의 컨디션은 최상이었다. 하늘은 낮게 내려앉고 바다는 흙빛이

지만 정예의 해군 대원들과 나란히 작업하게·된 자부심으로 우리는 터질 것 같았다. 침몰 지역은 황과 여러 번 드나들던, 우리에겐 앞마당이나 다름없는 곳이었다. 우리가 차출된 것도 우리만큼 바닷속 지형을 잘 아는 잠수부가 없어서였다.

해경과 해군의 잠수 대원들이 차례로 침몰선 찾기에 실패하고 올라오자 황이 회심의 미소를 지었다. 이번엔 우리가 내려갈 차례였다. 그는 선임자들이 선체를 찾지 못한 걸 다행으로 여겼다. 먼저 내려갔던 팀이 올라올 때마다 조마조마하게 지켜보던 황이 입수 준비를 마치고 뱃전에 선 내게 눈짓을 했다. 우리가 해낼 거야. 우리 차례라고. 황이 눈으로 말했다. 나 역시 알았다고 손가락으로 오케이 사인을 보냈다. 나도 그와 마음이 같았다. 입수는 내가 먼저였다. 황은 해군과 해경의 잠수대원, 지휘관과 취재진 사이에서 자신 있는 조련사처럼 나를 지켜보았다. 나는 능숙하게 물속으로 스며들었다. 물방울 몇 개가 노크처럼 경쾌하게 수면으로 떠올랐을 것이고 득의에 찬 황의 미소가 보이는 것 같았다.

배는 수심 38미터와 61미터 지점에 두 동강으로 꺾인 채 처박혀 있었다. 수심 61미터. 그것은 인간의 한계를 위협하는 깊이였고 나는 그토록 깊은 바다는 처음이었다. 온몸으로 물의 무게를 속속들이 느꼈고 시야는 조명이 흐릿한 무대처럼 어두웠다.

저런, 정 씨도 실수할 때가 있구면.

영도댁이 내 손에서 손칼을 빼앗아 갔다. 하얗게 날을 세운 주머니 칼끝에 미역의 피 같은 액체가 뭉클뭉클 맺히고 있었다. 왼쪽 엄지 손톱 끝이 사선으로 날아가 검붉은 피가 솟는데 통증이 느껴지지 않았다. 정신 차리셔. 어째 총각이 몸이 허하신가. 아님 옛날 애인이 생각나시나. 영도댁이 재빨리 '해녀의 집'에 가서 약품 상자를 들고 와 다친 손을 잡아당겼다. 정말 용치놀래기처럼 못하는 게 없는 여자였다. 영도댁의 별명은 용치놀래기라 했다. 용치놀래기는 수컷이 죽으면 암컷이 성전환을 해서 가족을 거느린다. 남편 없이 딸 둘을 데리고 물질로 살아가는 영도댁은 마을 동장에 부녀회장까지 맡아, 마을의 온갖 일에 감초 같은 해결사 노릇을 했다. 영도댁이 내 손에 연고를 바르고 반창고를 야무지게 동여매자, 늙은이들이 낄낄거렸다. 그려, 그려. 요즘 정총 몸이 허한 거 같아. 어쩔겨. 동장님. 보시 한 번 안 할 텨? 이봐. 발음 분명히 하라고. 내 귀엔 어찌 자꾸 이상하게 들리네. 괜히 늙은 총각 오해하잖어.

잔존유 제거라. 집으로 돌아오는데 다리가 허정거렸다. 자네가 부러워. 그래도 자넨 물에 들어갈 수 있잖아. 술판에서 주절거리며 무너지던 황이 살아났다. 황은 술 때문에 잠수를 할 수 없게 되자 낚싯배를 몰았다. 고된 잠수는 매번 그를 알콜로 이

끌었지만 시커 호가 아니었다면 병원까지 가지는 않았을 거다. 더 이상 잠수를 하면 죽어요. 의사가 황에게 선고하자 그는 잠수를 접고 낚싯배 선장으로 변신했다. 황은 물고기가 있는 곳을 잘 알았다. 당연했다. 그는 공기의 냄새로 날씨를 살피는 척하며, 오늘은 돔이 올라오겠다, 갈치가 모이겠는걸 하고 능청을 떨었지만 그건 잠수 경험에서 얻은 낚시 포인트일 뿐이었다. 하지만 장사 수완이 좋은 황은 돈 많은 낚시꾼이 아무리 꼬드겨도 시커 호가 가라앉은 부근으로는 가지 않았다. 그곳이야 말로 황금어장일 가능성이 높았다. 침몰선에는 시간이 지나면 온갖 생물이 달라붙었다. 그러면 그걸 먹이로 고기가 모여들고 다시 천적들이 모여들었다. 그리하여 배는 하나의 작은 생태계가 되고 난파선은 먹이 사슬의 어장, 동식물의 도시로 변하는 걸 황도 모를 리 없었다. 그를 따라 처음으로 내려간 수심 38미터는 나의 한계를 실험한 마(魔)의 수압이었다. 꿈속처럼 흐릿하던 시야와 안간힘을 써댄 망치질, 감압 챔프 안에서 보낸 시간과 그 후의 실의. 진영을 떠나보낸 것도 그때였다. 그런데 황이 선장이 되어 그곳엘 다시 가다니.

그날 황과 나는 시커 호를 발견했다. 물속에 몸을 접고 가라앉은 상선을 처음 보았을 때 내 몸엔 전기가 흐르는 것 같았다. 온몸을 내리누르던 수압도 잊을 정도였다. 생각보다 수압은 만만치 않았다. 황은 흥분하여 심해에서 주먹을 치켜들고 춤까지 추었다. 처음의 흥분이 가시자 나는 몇 걸음 뒤로 물러나 거대한 상선을 마주 보았다. 시커 호는 배 옆구리를 바닥에 파묻고 모로 누워 있었다. 그건 잠수를 하면서 몇 번씩 마주쳤던 난파선과는 아예 사이즈부터 달랐다. 마치 성채 같았다. 반토막으로 부러져 해저 바닥에 누운 시커 호는 어쩐지 함부로 가까이 가선 안 될 것만 같았다. 얼마나 그 배를 바라보고 있었을까. 문득 이상한 일이 일어났다. 소리 없이 한 편의 슬로우 비디오가 돌아가는 것이었다. 무언가 천천히 내려앉고 있었다. 파편이 여기저기로 흩어지며 허리가 꺾인 거대한 배가 내려앉았다. 마스트와 레이더가 해저 바닥에 부딪히며 떨어져 나갔다. 형체가 불분명한 부속물이 파편이 되어 고요히 튀어나왔다. 퇴선하지 못한 선원들의 공포에 찬 아우성도 아련했다. 그 사이 황은 선체를 돌고 있었고 내가 정신이 든 것은 수압 때문이었다. 수압이 전신을 자근자근 조여 왔다. 그때 선수 쪽에서 황이 나타나 손가락으로 앞을 가리켰다. 따라오라는 뜻이었다. 손목의 타이머를 확인했다. 20분으로 제한된 잠수 시간에서 8분 정도 시간이 남아 있었다. 철수해야 했다. 시커 호를 찾은 것만으로도 대성공이었다. 시간이 남았어. 실종자를 찾아보자. 황이 손가락으로 수중시계를 가리켰다. 배 안에 생존자가 있을지도 몰라. 황의 사인에 나는 망설였다. 잠수 전에 지휘관에게 브리핑받은 배의 설계도를 떠올려 보았다. 문이 바닥에 깔리고 천정은 벽처럼 내려온, 옆으로 누운 배를 머릿속에서 그려 보려 했지만 불가능했다. 아무 생각이 나지 않았다. 수압이 통증으로 변하고 있었다. 수색은 힘들 것 같았다. 실종자와 가족을 생각하면 마음이 아프지만 올라가야 했다. 하지만 이를 악물고 두려움을 누르며 황의 뒤를 따라갔다. 수압이 온몸을 짓누르기 시작했다.

선체 중 수면에 가장 가까운 부분이 수심 38미터, 바닥에 닿은 지점은 61미터. 인간의 한계를 시험하는 깊이에 처박힌 선체의 내부로 들어가는 출입구를 찾아 황이 브리지를 기웃거렸다. 캄캄한 브리지 안에 허연 것이 희끗거렸다. 실종자다. 머리칼이 곤두섰다. 황이 내게 옆구리에 차고 있던 손망치를 넘겨주었다. 브리지의 창문을 깨라는 거였다. 어쩐지 그래서는 안 될 것 같았다. 하지만 시간이 없었다. 망치로 프론트 글라스를 두들겼다. 컴컴한 강화유리는 끄덕도 하지 않았다. 물의 압력이 온몸의 뼈를 눌렀다. 웅웅거리는 소리도 들렸다. 조타실 안의 실종자가 우는 소리 같았다. 어서 나를 꺼내 줘. 제발. 누군가 울부짖는데 프론트 글라스는 절대 깨지지 않겠다는 듯 버텼다. 제발 그냥 가지 마. 나의 망치질은 꿈속의 작업처럼 도무지 소용이 없는 것 같았다. 게다가 바닥에 떨어진 파편 중 하나가—아마 부러진 마스트의 잔해인 것 같았다—내게 말을 걸기 시작하는 것이었다. 넌 그 유리를 깨지 못할 거야. 너는 여길 나갈 수 없어. 소름이 돋았다. 아니야. 꿈이 아니야. 나는 있는 힘을 다해 망치를 휘둘렀다. 그러자 관절이 마디마디 비명을 질렀고 마우스픽은 내 입을 틀어막았다. 옆에서 랜턴을 비추던 황이 정지 사인을 보냈다. 하지만 이미 늦은 일이었다. 수중시계를 들여다보는 황의 모습을 마지막으로 나는 의식의 경계를 넘어가 있었다. 오른팔을 크게 벌려 망치를 휘두르는 자세 그대로. 내가 해군 감압실에서 눈을 떴을 때 침몰선 수색 작업은 이미 종료되어 있었다.

　그날 황과 나는 침몰선을 발견하고 곧장 올라와야 했다. 깊은 심해의 육체적 활동은 급격한 체력 소모와 질소중독을 일으킨다. 과잉 의욕이 불러온 무모한 작업으로 나는 질소중독에 걸렸고 육지로 돌아온 내 삶은 뻘 속에 처박힌 시커 호와 같은 신세가 되어 버렸다. 무엇보다 들어오는 일부터 달라졌다. 병신이 된 다이버에게 누가 옳은 일을 맡기겠는가. 내게 떨어지는 일은 궂은일뿐이었다. 자살한 익사체를 찾아 달라거나 타살된 시신을 끌어올리거나 오염으로 일반 잠수부들이 거부하는 구역을 조사하는 일 같은 것만 간헐적으로 들어왔다. 진영은 매달리는 성격이 아니어서 나와 잘 맞았지만 내 쪽에서 먼저 결별을 선언했다. 미래가 없는 남자 때문에 그녀가 불행해지는 걸 원치 않왔다. 내 걱정으로 눈길이 축축한 어머니를 보는 것도 고역이어서 어느 저녁 간단한 소지품을 챙겨 집을 나왔다. 어머니는 형이 책임질 터였다. 나는 잠수와는 거리가 먼 일로 뜀뛰기를 해나갔다. 스크루에 걸린 폐그물 제거, 선박의 야간 경비, 임시직 라인맨…. 주종을 가리지 않던 일마저 뚝 끊기면 기진맥진하여 바다로 들어갔다. 자학하듯 물밑으로 내려서면 바다는 푸른 보자기처럼 펄럭였다. 밝은 햇살을 피해 밑으로 밑으로 파고들면 머리 위로 빛이 켜켜이 쌓이며 멀어졌다. 밝음도 투명도 쌓이면 어두워지고 무거워진다. 허파가 터질 듯 숨이 막혀 죽음을 기다리면 시커 호의 잠수로 다친 다리가 살고 싶다고 버둥거렸다. 육지에서 절름거리는 다리가 물의 집에서 몸부림이었다. 나를 꺼내 줘. 어서. 어서. 제발 그냥 가지 마. 마치 시커 호에 갇힌 익사체의 비명 같았다.

이상한 일이었다. 그렇게 한바탕 난리를 치고 나면 다친 다리에서 힘이 나왔다. 육지에서 병신이던 다리가 물속에서 지느러미로 새로 태어나는 것 같았다. 그런 이야기를 듣기는 했다. 운동선수가 운동하다 근육이 파열되면 새로 생기는 근육은 이전보다 더 튼튼해진다고. 다친 다리의 변신이 나도 신기하게 여겨질 지경이었다. 이상한 건 그것만이 아니었다. 지느러미 같은 다리로 어쩔 수 없이 지상으로 돌아가면 길목에 뭔가 기다리고 있었다. 문어, 전복, 해삼 같은 것들. 패잔병의 유품인지 바다의 위로인지 귀로에 달려 있던 생물들. 그렇게 낚아 온 해산물이나 생선은 고작 수심 3미터 정도에서 건져 오는 해녀들의 물건과 비교가 되지 않았다. 나는 그것들을 해녀촌에 던져 주었다. 해녀들은 내가 건져 온 것들을 서로 차지하려 경쟁이었고 그때그때 나는 술이나 밥을 얻어먹었다. 누군가는 적지 않은 현금을 찔러주기도 했는데, 제일 후한 값을 쳐주는 이가 영도댁이었다. 그녀는 내가 골방에 처박혀 사나흘 모습을 보이지 않으면, 멍게 젓이나 미역밥 따위를 만들어 내 골방 밑에 슬그머니 놓아두고 가기도 했다.

갈색 미역의 행렬은 며칠 사이에 황의 배가 묶인 몽돌밭까지 진출해 검게 몸을 틀었다. 온갖 불평을 해도 지역의 특산물인 돌미역은 주민들의 주 수입원이지만 내 눈엔 미역 줄기가 더 이상 들어오지 않았다. 배들배들 말라 가는 돌미역으로 뒤덮힌 마을이 평화롭게 보이지도 않았다. 그로부터 사나흘 후, 황을 찾아갔다. 그는 비쩍 마른 맨발에 슬리퍼 차림으로 낚싯배의 조타실에서 무언가 열심히 그리고 있었다. 미역 다듬는 칼에 찔린 손은 사나흘 내내 손이 아니라 마음을 우볐다. 해군의 감압실을 나올 때 군의관이 말했었다. 이만하길 천만 다행이라고. 자칫했으면 영영 이 세상 사람이 아닐 뻔했다고. 놓쳐 버릴 뻔했던 생명, 유휴의 목숨. 이후의 내 삶은 곁가지라는 소리 같기도 했다. 저녁 햇살에 눈을 찌푸리며 황이 나를 맞았다. 어쩌면 나를 기다리고 있었던지도 모르겠다. 황은 책상에 펼쳐진 도면을 조심스레 거둬들였다. 이리저리 선이 그어진 그것은 틀림없는 시커 호의 설계도였다. 소문대로 그는 침몰선 수색 준비에 몰두해 있었다. 그가 종이컵에 믹스커피를 풀어 내게 건네고 자신은 생수 한 잔을 마주 들었다.

정. 내 말을 섭섭하게 생각하지 마. 신기하게 황의 입에서는 체취 같던 니코틴과 알코올 냄새도 나지 않았다. 우리, 현실을 받아들이자고. 우리에겐 바다가 인생의 전부가 아니야. 우리의 바다는 이십 년 전에 이미 끝났어. 나는 아무런 말도 하지 않고 듣기만 했다. 이제 잠수는 다음 세대의 일이야. 자네와 내가 건재했다손 치더라도 그랬을 거야. 요즘 애들은 전부 전문기관에서 정식으로 마스터하잖아. 우리와 완전히 다르지. 우린 무모했어. 젊음과 가난밖에 가진 게 없었으니까. 그날의 사고를 변명하는 것 같기도 했다. 하지만 현실을 받아들이자고. 자네의 잠수 실력은 인정해. 하지만 이젠 지나간 일이야. 설마 다시 그 배에 내려가겠다는 건 아니지?

그건 정말 이상한 일이었다. 황을 찾아갔을 때 나는 어떤 작정도 없었다. 그저 허랑한 마음에 찾아갔던 것인데, 막상 황에게서 잠수 금지를 들으니 내 허랑함의 정체가 분명해지는 것이었다. 황은 진작 알고 있었던 것이다. 다친 다리가 물속에선 별지장이 없다는 것을. 죽기가 살기보다 어렵고 그럴 때마다 다리는 죽음을 뚫고 살기 위해 지느러미처럼 변신한다는 것을. 내가 아무런 반응이 없자 그가 먼저 몸을 일으켰다. 미안하지만 나좀 바쁘다네. 도면을 말아 쥔 그는 방금까지의 애잔함이 사라진 얼굴로 차갑게 돌아섰다.

산호 더미에서 튀어나온 물고기 한 마리가 총알처럼 눈앞을 스쳐간다. 묘하게 생긴 인간 잠수부 고기에 놀란 것인가. 나도 정신을 차린다. 바다에선 잊을 만하면 사고가 터졌다. 유조선이 좌초하여 기름을 쏟고, 크레인을 실은 바지선이 돌풍에 쓰러져 난장이 되고. 그러다 태풍이 한바탕 쓸고 가면 바다는 다시 말갛게 정화되었다. 황이 침몰선을 찾겠다는 자신감은 어쩌면 그런 믿음 때문인지 모른다. 바다의 자정 능력. 나도 마찬가지였다. 하지만 밑으로 내려갈수록 자신이 없어진다. 여기가 그 옛날 황과 왔던 곳이 맞나. 혹시 좌표가 잘못된 건 아닌가. 바다 계곡은 그날의 형상을 간직하고 암초와 감태숲도 비슷하지만 황금어장의 기미는 전혀 없다. 부옇게 병들어 가는 심해만 점점 어두워질 뿐. 이러니 일류 다이버들이 무용지물이 될 수밖에. 규상은 이런 바다가 당연할까. 처음부터 이런 바다에서 잠수를 배우고 시작했으니, 그럴지도 모르겠다. 그렇다면 황의 말이 맞겠다는 생각이 들었다. 이제 바다는 규상과 같은 젊은 세대의 것이라던 말이. 어둠은 깊어지는데 규상이 보이지 않는다. 배보다 파트너부터 찾아야겠다. 규상은 먼저 수색한 자신감으로 곧장 하강했다. 이십 년 전, 내가 침몰선을 찾았다는 말에 그는 별 반응이 없었다. 궁금한 것도 호기심도 없는 것 같았다. 악수를 청하는 태도는 공손했지만 예의상 그랬으리라. 이십 년이라면 태곳적인데다 한쪽 다리를 저는 사십 대 다이버와 잠수하느니 혼자 찾는 게 낫다고 생각한 건지도 모른다.

저 멀리 해저 바닥이 희미하게 드러나고 물의 압력이 뻑뻑해진다. 아무리 둘러봐도 규상이 없다. 정말 이상하다. 그는 어디로 갔을까. 바닥에 발을 딛고 잠시 휴식을 취한다. 시야가 지극히 좁다. 어디에도 배 같은 것은 보이지 않는다. 랜턴 불빛을 사방으로 천천히 돌린다. 조류 때문에 배는 옛날 자리에 있지 않을 것이다. 조류가 아니라도 이 깊은 물속에서 이십 년 동안 무슨 일이 있었는지 알 수 없다. 하지만 파편이나 흔적은 남아 있을 거다. 랜턴으로 차근차근 살펴본다.

황에게 퇴짜 맞고 돌아온 날 책상 앞에 앉았다. 연필을 있는 대로 꺼내 깎았다. 그러고는 도면을 그리기 시작했다. 정말 이

상한 일이었다. 그토록 오래전의 시커 호가 눈앞에 떠오르는 것
이었다. 그놈의 배는 어째서 지워지지도 않을까. 잠수에서 한참
멀어졌던 시기에도 그 장면은 시도 때도 없이 되풀이되기는 했
다. 바다는 무한 반복의 특성이 있긴 하다. 황과 나는 심해로 내
려가기 전에 해군 지휘관에게 배의 설계도를 철저하게 학습받
았다. 하지만 심해에서 만난 배는 브리핑과 다르게 옆으로 누
워 있었다. 머릿속에 암기된 설계도를 옆으로 눕혀 보려 해도
도무지 되지 않았다. 수압 때문에 정상적인 사고가 불가능하다
는 건 나중에 알았다. 나는 몇 장의 설계도를 완성하여 다시 황
에게 갔다. 그의 낚싯배는 전보다 더 복잡했다. 침몰선의 설계
도와 사진, 평면도에다 수색선에 동원될 선원과 다이버들의 신
상 명세 같은 것이 늘어나 있었다. 어? 정? 경계의 기색으로 그
가 나를 보았다. 나는 들고 간 설계도를 그의 복잡한 해도대 위
에 내려 놓았다. 그가 안타깝다는 눈으로 나를 달랬다. 이봐. 물
귀신처럼 이러지 마. 이건 내 개인적인 일이 아니잖아. 그리고
내가 재기할 수 있는 마지막 기회가 될지도 몰라. 제발 나 좀 곤
란하게 하지 마. 본래 황은 솔직했고 나는 그의 솔직함을 좋아
했다. 나는 대답하지 않고 그려 온 도면을 펼쳐, 삼각자와 자
이로 컴퍼스로 끝이 말리는 네 귀퉁이를 눌렀다. 옆으로 누운
시커 호의 도면은 일곱 장이었다. 반으로 허리를 꺾고 누운 성
채, 하늘로 치켜 올라간 조타실과 거주구역, 망치를 들고 두들

겨 댔던 검은 프론트 글라스까지 상세히 드러난 측면 설계도에, 잔존유가 든 기름 탱크의 예상 위치도까지 그려진 도면은 군의 지휘선에서 브리핑되지 않고, 심해에선 수압 때문에 그려지지 않던 실체였다. 끊임없이 머릿속에서 재생산되는 이 모습을 지우기 위해서라도 나는 다시 한 번 이곳으로 내려와야 했다.

몸에 닿는 잠수복이 차가워진다. 해류가 만만찮다. 규상은 어디로 갔을까. 한치 앞이 보이지 않는다. 제로에 가까운 시야를 랜턴에 의지해 조심조심 나아간다. 좌우를 살피는 몸이 물길에 떠밀린다. 수압이 심장을 누른다. 조바심으로 타는 황의 눈이 어둠 저편에 있는 것 같다. 심해의 어둠은 농담이 섬세하다. 투명이, 밝음이 얼마나 쌓였는지 농담과 압력으로 겨우 가늠할 뿐이다. 진영에게도 잠수를 가르치려 했다. 수영도 못하는 그녀지만 그래서 재미있을 것 같았다. 그녀가 수영을 배우고 잠수를 하면, 물속에서 그녀에게 키스하리라, 그녀를 안으리라. 혼자 계획을 세웠었다. 하지만 그 어느 것도 실현하지 못한 채 그녀는 떠났다. 지금 그녀는 두 아이의 엄마가 되었지만 이곳 심해에는 늙지도 않은 그 옛날의 진영이 시커 호와 함께 간직되어 있다. 이젠 그녀도 해방을 시켜 줘야 한다. 바다 밑 굴곡에 따라 어둠도 멜로디를 가진다. 발밑이 갑자기 푹 꺼진다. 우웅 소리도 들린다. 시커먼 구덩이에서 손이 나와 나를 끌어당길 것 같다. 무시해야 한다. 황이 있으면 어떤 것도 무섭지 않았다. 시커 호를 찾아야 한다. 아니다. 규상부터. 아니, 나의 파트너는 황이다. 그가 그립다. 너무도. 혼자라면 시커 호가 아니라 노다지가 가득 든 보물선도 싫다. 황과 다시 여기에 올 수 있다면. 그를 다시 이곳에 데려올 수 있다면. 황이 있으면 어둠도 공포가 아니다. 아. 지금 나는 이성을 잃은 것인가. 아무래도 제정신이 아닌 모양이다. 질소중독이 시작되었는지 모른다. 정신을 차리려고 숫자를 세 본다. 하나, 두울, 세엣.

아무래도 이상하다. 좌표는 정확했고 레이더에도 노란 점으로 나타난 침몰선을 확인하고 입수했는데 배는 대체 어디에 있는가. 하지만 이렇게 시야가 좁아서야 가까이 있어도 못 알아볼 것 같다. 일류 다이버들이 수색에 실패한 이유를 알 만하다. 해군 감압실 안에서 정신을 차렸을 때 훈련교관은 시간 보내는 방법을 가르쳐 주었다. 감압실에서는 머리를 극히 단순하게 쓸 것. 감정적이나 서정적인 책을 보지 말 것. 시집이나 소설, 철학책보다 간단명료한 수학책 같은 것을 볼 것. 그렇다. 지금 내게 가장 단순한 것은 파트너 규상이다. 그다음이 시커 호다. 그 이외의 것은 모두 지워 버리자. 수없이 그린 시커 호의 측면도도 부질없다. 저 앞에 노란 불빛이 보인다. 저게 뭐지. 규상의 랜턴인가. 반가워 얼른 다가간다. 어? 용치놀래기다. 이렇게 깊은 바다에서 이놈은 무얼 하나. 손을 내민다. 놀래기는 눈앞에서 꼭 그만큼의 거리로 멀어진다. 이게 뭐지. 환영인가. 질소 마취인가. 손목 타이머를 보니 13분이 지났다. 애초 규상을 표적으로 그를 따라 하강했는데 무엇에 홀린 기분이다. 안되겠다. 올라가자. 어디서부터 환영인지 모르겠다. 규상을 포기하고 상승을 시도한다. 아악. 왼쪽 다리에 돌멩이로 내려치듯 수압이 떨어진다. 관절 마디에 박히는 통증으로 이 모든 것이 현실임을 통절히 깨닫는다.

한 줄기 랜턴 불빛에 기대 위로 올라간다. 앞이 아니고 위다. 랜턴 불이 이제 나의 생명줄이다. 어째서 세상의 가장 낮은 곳에 이르러 소중한 것들을 다 떨쳐 버린 후에 나는 살겠다고 다시 아우성인가. 어째서 내 삶은 막막한 어둠 저 너머에 있는가. 빛의 수면, 저 투명을 향해 마지막 힘으로 어둠을 밀어낸다. 안간힘을 쓰는 지느러미 다리 옆에 용치놀래기가 붙어 온다.

유령작가

간도 크지. 어쩜 그럴 수가 있어?

테이블 너머 금테 안경을 쓴 여자가 일행인 빨간 머리에게 하는 말이다. 그러게 말야. 사이코 아냐. 설마 상금에 탐이 나서? 포크로 초밥을 찍어 올리던 머리를 빨갛게 염색한 여자가, 아무리 그래도 요즘이 어떤 시댄데 표절이냐며 초밥을 우물거린다. 그런데 올림픽에서 1등이 탈락하면 자동으로 2등이 금메달 되잖아. 대상이 표절이면 금상이 대상되고 은상을 금상 줘야지. 고맙게도 사람들은 남의 수상까지 관심을 가져 준다. 사진 촬영을 끝내고 뷔페 음식이 차려진 식장으로 들어서자 사람들이 수군거리고 있었다. 표절, 손해배상, 소송 따위의 단어가 간헐적으로 흘러나왔다.

궁형의 높은 천장, 환하게 홀을 밝힌 조명, 거대한 봉황이 하

늘로 오르려는 축하 얼음조각이 녹고 있는 홀에서 사람들은 삼
삼오오 모여 시상식 뒤풀이로 준비된 만찬을 즐기고 있었다. 수
상자와의 인터뷰, 중국 공연을 마치고 당일 비행기로 날아왔다
는 가수의 축하공연, 기념 촬영을 끝으로 두 시간 가까이 끌던
시상식이 끝나자 2부로 마련된 스탠딩 뷔페는 활기가 피어올랐
다. 넓은 홀 내부의 대리석 기둥은 꽃다발로 운치 있게 장식되
고 드높은 천장에선 샹들리에가 번쩍였다. 얼굴을 아는 소설가
한 사람이 어디선가 나타나 두 손을 호주머니에 지르고 사람들
사이를 어슬렁거린다. 누군가를 찾는 것 같다. 그는 육 년 전 내
가 모 문예지로 등단했을 때 심사위원이었다. 하필이면 오늘 같
은 날 이런 자리에서 다시 만나다니. 나는 해파리 냉채와 육회,
김밥과 야채 샐러드가 담긴 접시를 들고 기둥 뒤로 숨는다. 김
이 왜 그러냐고 눈으로 물으며 접시를 들고 내 옆으로 다가온
다. 그 얘기 들었어? 얼마 전 모 신문사 신춘문예 시상식장에서
있었던 일. 김은 나도 들은 적 있는 얘기를 늘어놓는다. 소설 당
선자를 호명하자 어떤 남자가 단상으로 올라왔는데 그 사람이
정작 수상자가 아니었다는 거지. 진짜 당선자는 너무나 황당해
멍하니 지켜보기만 했고. 나중에 알고 보니 그는 상습범이었어.
모 대학 문창과 출신으로 신춘문예에 수없이 낙방을 하자 어느
해부턴가 그런 증세가 나타났다는 거야. 자기가 당선된 것으로
착각하는. 그런데 신기한 것은 수상 시즌만 지나가면 감쪽같이

정상으로 돌아간다는 거야. 무섭지 않냐?

처음 듣는 얘기처럼 나는 고개를 끄덕여 준다. 사람들 사이를 어슬렁거리던 소설가는 아는 이를 찾았는지 이제 보이지 않는다.

신문에서 문학상 모집 광고를 본 건 우연이었다. 아니 신문은 매일 보는 것이니 '우연'이란 단어는 적절하지 않겠다. 어쨌든 평상시와 다름없이 신문을 읽다가 어떤 건설회사의 광고를 보았다. 당신은 작가입니다. 20년 전에도, 20년 후에도…. 광고 속 삼십 대 주부가 햇살이 환한 창가에 생각에 잠긴 얼굴로 앉아 있었다. 아파트를 분양하는 광고였고 '여기 당신의 자리를 마련했습니다'는 그 회사의 고정 멘트였다. 다른 회사에서 독일산 가스 오븐 렌지, 김치 냉장고 따위로 고객을 유인할 때 그 회사는 '공간'을 내세웠다. 아마도 베란다 한쪽이거나 다용도실의 귀퉁이일 것이다. 하얀 책상과 책꽂이, 얌전한 꽃병 하나, 한 사람이 운신할 정도의 공간에 별도의 세계가 존재하고 있었다. 어느 날은 주부가 그곳에서 아이의 노란 봄옷을 만들고 어느 때는 편지를 쓰거나 음악을 듣는 여고생이 있었다. 광고가 나올 때마다 바뀌는 삽화도 그럴듯했지만 그림 그리는 여자에서 노트북을 켜고 앉은 남자의 모습, 그 뒤로는 비 오는 창을 향해 단발머리 여자가 뒷모습을 보인 채 담배를 피우고 있는 모습에 나는 오랫동안 눈을 떼지 못했다. 아무에게도 방해받지 않

는 자기만의 방, 자기만의 공간은 나의 오랜 꿈이었다. '문학상'
을 공모한다는 사보는 기업 이윤을 사회에 환원시킨다는 취지
로 상당한 액수의 상금을 내걸고 있었다. 수상작은 단행본으로
시중에 배포한다는 내용도 있었다. 시중에 배포라. 적어도 문예
지보다는 많은 사람이 읽을 것이다. 육 년 전 내 등단작은 과연
몇 사람이 읽었을까. 소설은 점점 관심 있는 사람들의 전유물이
되고 있었다. 문학상 공모 또한 자사 선전의 방법일 거라고 생
각하며 신문의 다음 면을 훑었다.

　박스 기사 하나를 비교적 찬찬히 읽은 건 기사에 거론된 한
이름 때문이었다. 일본의 한국문학 권위자 시에쿠로 교수와의
대담이 실린 부분이었다. '시에쿠로 교수는 시종 유창한 한국말
로 이광수, 채만식에서 이청준, 윤흥길, 최소진, 양진하 등에 이
르는 수많은 한국작가들을 깊이 있게 얘기했다.' 그 기사에서
잠깐 지체했던 이유는 내가 등단할 때 심사를 맡은 소설가의
이름이 거기 있어서였다. 그러나 정작 주의해서 읽은 대목은 다
음 구절이었다.

　'한국의 평단에는 위기론이 팽배해 있다. 이해가 간다. 평자나
작가나 독자가 있어야 살아갈 수 있다. 팔리는 작품을 써야 한
다. 컴퓨터, 멀티미디어 등 정보화 도구를 적극적으로 이용해야
한다. 문학의 관념적 정의는 별로 도움이 안 된다.' 노교수의 일
갈은 '팔린다'는 것의 구체적인 의미를 묻는 기자의 답변으로

이어졌다. '만화, 무협소설, 환타지 등을 무시하면 안 된다. 어떤 부문은 한국이 가장 앞선 장르도 있다. 내가 이런 말을 하면 한국의 본격 평단이 화를 낼지도 모르겠다. 그러나 문학을 너무 고급화하면 곤란하다. 80년대와 90년대가 다르듯이 이천 년대 문학은 다르다. 그걸 알아야 한다.' 한국문학의 현주소를 꼬집는 노교수의 말에 고개를 끄덕이고 사회면까지 훑은 후 나는 신문을 두 번 접었다. 재활용 분리수거함에 넣기 위해서였다. 고급 문학은 고사하고 배달되는 신문을 구독하는 사람도 점점 줄어든다 했다. 정보는 물론, 취미 생활이나 사교까지 인터넷으로 실시간 이루어지니 신문(新聞)은 발간되자마자 구문(舊聞)으로 떨어지는 신세였다. 이런 판에 저 혼자 고급인 문학은 뭘 어쩌자는 거야. 분리수거함에 신문을 던져 넣으며 괜히 그렇게 주절거렸을지도 모른다.

김밥 하나를 입에 넣으며 기둥 너머를 흘깃거린다. 도대체 어디서 이만한 인원이 동원된 것일까. 작가는 양산되는데 독자층은 줄어들고, 책이 팔리지 않아 출판사들은 줄줄이 문을 닫는데 특정 기업의 문학상 시상식에 이백여 명은 족히 넘는 하객이 모인 게 나는 이해되지 않는다. 내 등단작을 심사했던 소설가는 저만치에서 한 무리의 사람들에게 둘러싸여 있다. 본격문학, 이른바 순수문학이라고 일컬어지는 그의 소설은 쉽지 않았다.

환상적이면서도 퇴폐적이여서 감성적인 독자들을 끌어들이기 충분했고 작가의 사생활도 지극히 소설적이었다. 불우한 환경과 떠돎, 다양한 여성편력 또한 세간의 관심을 끌었다. 목이 말라 테이블 위의 종이컵 하나를 끌어당긴다. 빨간 머리는 일행인 금테 안경과 어딘가로 자리를 옮겼고 김만 내 주위에 얼쩡거리고 있다. 빨간 머리 여자가 남긴 종이컵엔 불그레한 루즈 자국이 묻어 있고 노란 액체가 고여 있다. 김마저 없다면 나는 이 무리 속에서 달랑 혼자였을 것이다. 그렇다고 김이 출근까지 빼먹으며 동행할 이유는 없었다. 넌 방향감각이 둔하잖아. 서울 지리가 뭐 우리 동네 같은 줄 아냐? 말은 그렇게 했지만 김은 이번 동행을 화해 내지는 지지의 제스처로 치부하는 것 같았다. 나는 어느 것도 필요하지 않았다. 더 이상 그에게 상처받지 않을 것이다. 언제부턴가 김은 여선이 없는 허전함을 내게 채우려는 기미가 보였고 그럴수록 나는 막나가게 된다. 빨간 머리가 남긴 맥주를 홀떡 마신다. 김이 질겁을 하며 테이블 저편에 놓여진 새 종이컵을 가지러 테이블을 돌아간다.

이제 속이 시원해? 사이다 마신 것처럼 속이 시원하냐구?

육 년 전, 소설가는 내게 맥주 한 잔을 부어 주며 다짜고짜 등단해서 속이 시원하냐고 따졌다. 시상식 뒤풀이 자리였고 그는 나를 신인상으로 뽑은 심사위원이어서 나는 적이 당황했다. 그가 내민 맥주잔을 두 손으로 받아 들고 어정쩡한 웃음을 빼물었다.

집에서 애나 키우지 뭐하러 글 쓴다고 그래. 이젠 속이 시원하냐고?

붉어진 눈으로 술 냄새를 확확 풍기며 결혼도 안 한 처녀에게 애나 키우라고 숫제 나무라는 소설가에게 누군가 달래듯 술잔을 들이밀었다. 그러자 소설가는 언제 그랬냐는 듯 헤헤거리며 술잔을 받아 들었다.

이십여 분 전에는 여자 소설가 한 사람이 단상에 올라왔다. 그녀는 이번 문학상의 심사위원으로 심사평을 발표했다. 우리가 원하는 것은 바로 여러분의 글, 오랜 각고의 시간 끝에 다듬어 낸 생명이 품어 내는 솜씨입니다. 이규보가 그랬지요. 남의 글을 훔쳐 오는 것은 장님을 몰고 구덩이로 가는 것이라고요. 이미 잘 만들어진 작품은 우리가 평생을 읽어도 다 못 읽을 정도로 산적해 있습니다…. 나는 가만히 한숨을 내쉬었다. 그랬다. 그럼에도 나는 왜 소설을 쓰려고 앙앙불락일까. 아무도 나의 원고를 기다리지 않고 원하지 않는데. 평생 읽어도 다 못 읽을 만큼 명작이 산적해 있는데 말이다. 사실 그 여류 소설가는 오래전부터 작품을 발표하지 못했고 젊은 시절 한때 문명을 떨쳤던 그녀의 소설은 이젠 구식이었다. 수많은 작가들이 한때 빛을 발하고 사라졌지만, 그녀처럼 과거의 후광으로 문단과 주변에 머무는 작가도 있었다. 응모작의 수준이 상당하고 투고량이 놀랍다고 왕년의 여류가 심사평을 마무리할 때까지 나는 뒤쪽의 단상에 눈을 주었다. 시상식의 진행은 민영 방송국의 현직 아나운서가 맡고 있었다. 아나운서는 도우미 세 사람과 연단에 인형처럼 서 있었다. 식이 시작된 지 삼십여 분이 지나도 오렌지색 투피스를 입은 그녀들은 굽 높은 힐 위에 꼿꼿한 자태를 유지했다. 의자에 앉은 사람들도 지겨워지는 시간, 미스코리아 선발 때처럼 한쪽 다리를 다른 쪽 다리 앞으로 사선으로 포갠 채 시종 화사한 미소를 머금고 있었다. 얼마나 다리가 아플까. 그녀들의 미소가 밝을수록 내 마음은 불편했다. 비주얼이 생명인 시대이긴 하지만 그런 경향이 먹거리까지 침투한 지경이었다. 곰탕집에서는 뽀얀 국물의 느낌을 살리기 위해 커피 프리마를 섞는다 하고, 즉석 밥을 선전하는 광고에는 쌀밥의 흰색을 강조하려 아예 푸르스름한 밥을 제조한다고도 했다. 더 우스운 건 그런 사실을 알면서도 곰탕집을 가지 않을 수 없고 광고된 즉석밥을 소비하지 않을 수 없는 현실이었다. 이쪽을 피한들 저쪽도 마찬가지고 그렇다고 또 다른 쪽을 기웃거린들 오십보백보다. 이것저것 가리려면 산속에 들어가 홀로 자급자족하거나 굶어 죽어야 할 것 같았다. 다행히 아나운서나 도우미들은 비주얼의 시대를 견뎌 나갈 만큼 단단해 보였다. 적어도 겉으로 보기에는.

　나는 그녀들을 죄다 의자에 앉히는 상상을 했다. 여자들은 예

쁘게 포장된 겉치레를 걷어 버리고 최대한 편한 자세로 앉는다. 아나운서는 임산부처럼 다리를 벌리고 도우미 1은 무릎을 꼬고, 도우미 2, 3은 아예 드러누워 의자 끝에 엉덩이를 걸친다. 그즈음 심사평을 끝낸 여류가 연단을 내려온다. 그녀는 홀연히 식장을 빠져나와 어딘가로 간다. 그녀에겐 할 일이 남아 있는 것이다. 색이 누렇게 변한, 오래 붙들고 끙끙거리던 원고지가 있는 작업실로 돌아간다. 꺼지지 않는 불씨처럼 남은 소설을 완성하려는 그녀의 뒷모습이 유령 같기도 하다. 소설의 유령, 꿈의 허깨비. 어쩌면 몇 달 전 응모작을 쓰던 내 자신의 모습 같기도 하다.

따르릉.

김이 새 종이컵에 맥주를 부어 건네준다. 차가운 기운이 가신 맥주는 비릿하다. 그가 나를 홀깃 본다. 아니 내 어깨너머 다른 사람을 본 것인지도 모른다. 나를 스쳐 간 시선으로 나를 본다고 착각할 뿐. 김과 나는 소설창작 동아리에서 만났다. 모임을 주도했던 김이 먼저 창작을 포기하고 여선을 선택하면서 나는 착각에서 깨어났다. 동아리에 후발주자로 합류한 여선이 나타나기 전까지 나와 김은 동아리 내 공공연한 커플이었다. 여선은 아름답고 총명하며 부유한 부모를 두었고 열정적인 성격이었다. 그녀는 내가 지명도가 약한 문예지로 등단한 일 년 후, 저명한 신문사의 신춘문예로 등단했고 공익 문화재단에서 기획한 프로그램으로 스와질란드를 포함한 아프리카 몇 개국을 돌고 온 후, 이 나라 저 나라를 쏘다녔다. 길은 결국 길로 이어진다는 말은 여선을 두고 하는 말 같았다. 소설의 소재를 찾아 떠난 여선은 지금은 울란바토르에 머물고 있다. 나를 버릴 수는 있어도 내 뜻을 꺾을 수는 없어. 종군기자들을 봐. 소재를 얻으려고 전쟁터에도 가잖아. 고갱은? 미쳤다고 타이티까지 갔겠어? 나도 죽겠다고. 이해해 줘. 여선이 그렇게 떠난 후 김은 그녀의 근황을 전한답시고 내 주변을 다시 맴돌았다.

일주일 만에 소설 한 편을 완성할 수 있을까. 김치를 볶아 혼자 저녁을 먹고 양치질을 하다 그런 의문이 떠올랐다. 나는 즉시 컴퓨터 앞으로 달려갔다. 아파트 건설회사의 문학상 마감이 일주일 남아 있었다. 컴퓨터에는 쓰다 만 초고가 대여섯 편, 죽은 곤충처럼 엎드려 있었다. 지금껏 나는 하루하루 살아 내는 데에만 급급했다. 내 삶은 배보다 배꼽이 큰 것 같았다. 돈만 쓸 게 없는 게 아니라 시간도 체력도 쓸 게 없어. 회계사무실에서 돌아오면 나는 지쳐 한탄하곤 했다. 나를 먹여 살리느라 자신이 닳아 버릴 것 같았다. 날짜가 일주일 남은들 시간을 얼마나 낼 수 있으랴. 조바심이 났다. 지금 일주일을 그냥 흘려보내면 다시는 소설을 쓸 수 없을 것 같았다. 알 수 없는 시달림이고 집착이었다.

푸른 바탕 화면 속에 납작 엎드린 파일을 불러냈다. 과거의 무력감을 환기하듯 커서가 깜빡거리자 은근하고 둔중한 아픔이 살아났다. 나는 이미 떠내려간 작가였다. 최초의 빛을 피우자마자 사그라진 불빛. 그게 나였다. 세상엔 나의 원고 따위 필요 없었다. 부족한 재능과 모자라는 시간, 체력을 끌어모아 간신히 원고를 만들어 낸들 세상은 내게 눈길도 주지 않는다. 도처에 뛰어난 작가들이 수두룩하고 그들은 지금 이 시간에도 전력으로 글을 쓴다. 그러니 새로운 읽을거리는 쉬지 않고 쏟아져 나와 쌓인다.

등단 육 년이 넘도록 내가 일 년에 두어 번 발간되는 지방 문예지에 소설 몇 편을 발표하는 동안 여선은 꽤 괜찮은 매체에 지면을 종종 얻었다. 이런저런 서울의 문단 모임에 쫓아다니고 여기저기 문학행사에 얼굴을 내밀더니 삼 년쯤 전부터는 아예 외국 도시들이 그녀의 새 집필실이 되곤 했다. 프로방스, 비간, 그라나다, 코타키나발루…. 그녀의 소설도 내가 따라가기 힘들 정도로 나날이 발전하고 있었다.

왼쪽 가슴에 달린 카네이션 명찰을 떼며 통로로 나선다. 시상식장에 입장할 때 도우미들이 달아 준 수상자 명찰이다. 김이 음식접시를 내려놓고 입가를 훔치며 따라 나온다. 맥주가 트림처럼 역하게 치밀어 오른다. 등단해서 속이 개운하냐고 심사

했던 소설가가 닥달하던 때 그가 준 맥주 한 잔은 묘하게 시원했다. 평소에도 나는 맥주를 좋아하지 않았다. 맥주보다는 소주가 소주보다는 양주가 나았다. 하지만 그날 소설가에게 받은 한 잔의 맥주는 비수처럼 내 전신을 차갑게 찌르고 지나갔다. 그때 또 하나 신기했던 건 소설가를 대하는 주변 사람들의 태도였다. 누구에게나 하대하고 느닷없이 도발적이거나 도전적이 되어 혼자 소리를 질러대는 그를 주변사람들은 내버려두었다. 방약무인이거나 지리멸렬한 그를 은근히 동조하고 두둔하는 분위기였다. 그는 보이지 않는 울타리로 보호받으며 담뱃재를 털듯 울타리 밖의 내게 맥주잔을 건네는 것 같았다.

어, 여기 계셨네.

어깨까지 꽁지머리를 늘어뜨린 남자가 아는 척한다. 금상 수상자다. 기념 촬영 때 인사를 나누었던 금상 수상자의 눈썰미가 깔끔하다. 대상작이 표절임이 밝혀졌다는 소리도 그에게 먼저 들었다. 대중적인 인기는 얻지 못했으나 꽤 잘 쓴, 어떤 일본 작가의 소설을 지명이나 인명만 교묘하게 바꾸어 응모했다고 했다. 수상집도 이미 만이천 부나 인쇄되었다네요. 수습이 쉬울 거 같지 않아요. 책 한 권 만드는 데 십 년 묵은 나무 한 그루가 소비된다는 거 아시죠? 금상은 자신의 몸이 종이를 만들기 위해 베어지는 나무인 것처럼 이마에 주름을 지었다. 그는 환경에 대해 관심이 많은 '행동하는 사람' 같았다.

바쁘지 않으면 차라도 같이 할까요?

대여섯 살은 아래로 보이는 금상의 스스럼 없는 배려와 순발력이 시원하다. 일행이 있다고 하자 내 옆에서 기다리던 김이 허리를 굽히며 손을 내민다. 악수를 나누고 김이 명함을 꺼내자 금상은 자신은 명함이 없다 머리를 긁적인다. 금상의 뒤를 따라간다. 걷는 동안 아까 빨간 머리들에게 들은 얘기를 전해준다. 조금 더 일찍 밝혀졌다면 당신이 대상이 되었을 거라고. 금상의 친절에 대한 답례다. 금상은 상관없다며 웃는다. 흔들리지 않는 금상을 보자 아직 읽지 못한 금상의 원고가 궁금해진다. 대학생 정도로 보이는 사파리를 입은 남자가 맞은편에서 다가와 금상을 채근한다. 여기서 뭐하고 있어? 다들 기다리고 있다고. 일행인 모양이다. 사파리와 금상을 따라 김과 나는 식장을 빠져나온다.

생맥주 집에 앉아 김을 기다렸다. 교정 볼 시간도 없이 마감 시간에 겨우 맞춰 원고를 전송하고 그를 불러냈다. 원고를 보냈어. 지난 일 주일간의 고심에 대해서는 굳이 말할 필요가 없었다. 조금 피곤해 보이던 김이 눈빛을 세웠다. 작가가 그런 곳에 원고를 내도 되는 거야? 땅콩 한 알을 입에 넣으려다 김은 보았다. 너, 돈 벌려고 글 쓰는 거야? 그러려고 밤잠도 안 자고 소설 쓰냐? 말문이 막혔다. 어쩌자고 그에게 위로받을 생각을 했을까. 김은 나와는 다른 부류의 사람이다. 가난의 나선형 고리도 활자와 머리로 이해하는 사람인 것이다. 가진 자에게 편견을 가졌다는 소리를 듣는 게 두려워 그가 여선을 택했을 때에도 배신의 칼날조차 꺼내지 못한 나였다. 작가? 웃기고 있네. 의자를 거칠게 빼내며 몸을 일으켰다. 헤밍웨이도 비둘기를 잡아먹고 산 적이 있다는 얘기도 해 주시지. 맥줏집의 문을 열고 거리로 나오면서 나는 그를 부른 걸 후회했다.

빈 봉지처럼 후들거리는 나를 밤거리의 매연이 감싸안았다. 정체된 차들이 빨간 미등을 켜고 서행하고 저만치 도로변의 빌딩들이 나를 내려다보았다. 군데군데 이가 빠지듯 불 꺼진 사무실이 나를 비웃는 것 같았다. 핫바리로 쓸 바엔 집에 가서 애나 보라니까. 모두 핫바리야. 핫바리. 핫바리 알지? 난 핫바린 싫어. 싫다고. 느닷없이 육 년 전 소설가의 비아냥거림이 살아났다. 속이 거북해졌고 가로수를 부여잡고 몇 분 동안 헛구역질을 했다. 입에 맞지도 않은 맥주를 억지로 마시지 말았어야 했다. 처음부터 소줏집에서 시작했으면 속이 괜찮았을지도 몰랐다. 김은 구질구질한 소줏집을 좋아하지 않았다. 일주일간 가까스로 버텨왔던 피로가 돌덩이처럼 굴러왔다. 입가의 토사물을 훔친 후 죄여 오는 심장을 싸쥐며 교통 정체로 미적거리는 차도로 택시를 잡기 위해 내려섰다.

은상 수상자예요. 자욱한 담배 연기 아래 잔을 기울이고 있던 일행에게 금상이 나를 소개한다. 시상식이 있던 건물 뒤편의 골목을 한참이나 들어간 한정식집에 사람들이 탁자를 세 개씩 붙이고 모여 있었다. 아까 본 소설가도 사람들에게 둘러싸여 거나하게 술이 취해 있었다. 나는 김과 지면으로 얼굴을 본 적 있는 평론가인 황 옆에 앉았다. 지방에서 올라오셨나 봐요. 황이 엉덩이를 움직여 빈자리를 만들어 반겨 준다. 몇 년 전 출간한 문화 평론집 한 권이 베스트셀러가 되면서 부쩍 주가가 오른 황은 이 자리를 빨리 벗어나고 싶어하는 눈치다. 분위기에 민감한 사람 같다. 우리 때문에 중단된 대화였던 듯 맞은편의 한 남자가 오늘의 화제가 되었던 대상 표절작에 대해 얘기를 잇는다. 그 옆에선 얼마 전 모 신문사 신춘문예 시상식장에서 있었던 김이 했던 얘기가 화제에 올라 있다. 대상 표절작은 소설가 주변에서도 관심의 초점이 되어 있다. 표절자는 왜 그랬을까. 그의 속내는 무엇이었을까. 황이 김과 나에게 카스를 부어 준다. 맥주 거품이 떠오르고 투명한 노란색이 차오른다. 시즌이 지나면 멀쩡해지는 가짜 수상자를 보듯 거품 아래 노란 액체를 들여다보다 나무젓가락으로 투명한 노란색을 휘저어 본다. 안데르센은 유령작가였어. 에밀 아자르도 그렇고 샐린저도 한 편 쓰고 숨어 버렸잖아. 뛰어난 작가들은 모두 유령 작가일지도 몰라. 학문적 깊이가… 딸꾹, 문법이… 딸꾹, 잘난 놈들이 하도 씹어 대니… 딸꾹, 뛰어난 작가도 그 사회에선 유령이 되는 거라고…. 소설가가 딸꾹질을 하면서 말을 잇는다. 표절작처럼 쓰려면 말이야 딸꾹, 그 시대에는 결국 유령이 되는 거라고, 이상을 보라니까. 선생님. 선생님. 물 한 잔 드세요. 에고 딸꾹질 때문에 숨 막히시겠네. 소설가가 물을 들이켜는 소리를 들으며 고추장 양념에 흐물흐물해진 야채와 우동사리를 개인 접시에 덜어 김에게 건네준다.

주문 외우나?

투명한 맥주잔 하나가 눈앞으로 불쑥 다가온다. 저쪽 식탁의 소설가가 팔을 뻗어 내게 술잔을 들이밀고 있다. 게슴츠레한 그의 눈에는 육 년 전의 기억 같은 건 씻은 듯 없다. 저, 맥주 못해요. 엉겁결에 내 입에서 나온 말이다. 헤에? 의외라는 건지 어이없다는 건지 소설가가 짧은 감탄사를 뱉는다. 공중에 어색하게 들린 술잔을 거둬 그는 자작으로 마셔 버린다. 나는 단박 후회한다. 결정적인 순간에 이성보다 한발 먼저 움직이는 내 입은 도대체 어떻게 된 걸까. 직감도 아니고 육감은 더 아닌데. 그럼 담배를 줄까? 소설가는 친절도 하다. 담배도 못해요. 후회가 외려 나를 비딱하게 만든다. 저런, 술도 못하고 담배도 못하면… 그걸 잘하나? 그의 눈꼬리가 옆으로 늘어진다. 밤에만 하는 그일 말이야. 입가를 혀끝으로 핥는 소설가의 눈이 흐릿하게 풀

려 있다. 나는 대답 대신 돼지 수육 한 점을 집어 우적우적 씹는
다. 수육은 의외로 질기고 맛도 없다. 그의 글에 대한 아우라 탓
일까. 소설가 앞에서 은근히 경직되는 자신을 다잡는다. 그의
글은 집요하다는 면에서 '풍산개'와 같다. 풍산개는 한 번 사람
을 물면 절대로 중간에서 놓는 법이 없다. 소설가의 글도 한 번
잡았다 하면 중간에서 손을 떼기가 힘들다. 대부분의 독자들은
그가 무슨 말을 하는지도 모른 채 미려한 문장에 홀려 따라간
다. 평이하고 부드러워서 미끄러지듯 끌려가다 문득 정신을 차
려보면 낯선 곳에 와 있다. 주위를 휘둘러 보면 고통조차 달콤
하게 속삭이며 구부정한 뒷모습을 보이고, 앞서가던 소설가는
어디에도 없다. 질펀한 쓸쓸함과 황량한 주위가 문득 눈에 들
어온다. 놀라고 당황하며 주위를 둘러보면 황무지의 절벽 앞에
서 있는 자신을 보게 된다. 돌아설 수도 부정할 수도 없는 낭떠
러지다. 아니야. 내가 아니야. 이건 어디까지나 소설가의 몫이
라고 항변하다가 어느 순간 뭔가가 울컥 치밀어 오른다. 터지
며 산란하거나 얼음이 녹듯 스르르 풀려나가는 어떤 느낌. 배
설 혹은 한 방울의 눈물로 배출되는 그 무엇. 어딘가에 숨어 자
신을 지켜보는 소설가의 퀭한 시선을 불현듯 느끼는 것도 바로
이 대목이다.

　으, 아, 아. 어느새 소설가가 노래를 부른다. 아니, 노래라기
보다 절규에 가까운 음치의 비명이다. 몇 시 차예요? 금상이 열

차 시간을 물어 온다. 막차를 타려고요. 안 그래도 지금 일어나
려 했는데. 김이 제법 술기가 오른 얼굴로 소지품을 챙긴다. 맞
은편 벽에 붙은 시계를 올려다본다. 열기와 먼지로 뿌옇게 흐려
진 시계가 이제 일어설 때가 되었음을 알려 준다. 마지막 열차
를 탈 거고 화장실에 들렀다 가야겠다. 금상과 평론가 황에게
인사를 건넨다. 김이 고개를 숙이고 주변 몇몇과는 악수까지 나
눈다. 소설가는 철통 같은 보호의 울타리에 묻혀 내가 일어서
는 것도 알지 못한다.

　환기가 제대로 되지 않는 한정식집의 화장실은 지린내가 진
동한다. 먼저 나와 김을 기다리던 나는 눈을 크게 뜬다. 소설가
가 바지춤에 손을 얹고 비칠거리며 다가오고 있다. 그는 내가
보이지도 않는지 화장실 쪽으로 내처 간다.
　선생님, 이쪽이에요. 나는 두 걸음 쫓아가 그의 팔을 잡는다.
소설가가 밀고 있는 문은 여자 화장실이고 그는 옆으로 밀어야
할 문을 뒤로 미느라 끙끙거린다. 누구야? 누구? 술 때문에 눈
도 뜨지 못한 채 그가 중얼거린다. '이쪽은 숙녀용'이라고 말해
주자 그는 입을 헤벌리며 히죽거린다. 숙녀용이면 더 좋지 안
그래? 나는 정말로 소설가가 그리로 들어갈까 봐 겁을 낸다. 마
침 여자 화장실에서 십 대로 보이는 아가씨가 나오더니 거침없
이 그를 스쳐 간다. 겨를에 소설가가 맥없이 넘어져 버린다. 터

무니없이 주저앉는 소설가를 십 대 소녀가 웬 주정뱅이냐는 듯 시큰둥한 눈으로 째려보고는 횡하니 가 버린다. 허랑한 소설가를 일으켜 세우려 하자 가볍게 쓰러지던 기세와는 달리 그는 물 묻은 솜처럼 무겁다. 내 힘으로는 꼼짝도 되지 않는다. 누구야? 넌 누구냐고? 어두운 복도, 여자 화장실 앞에 퍼질러 앉은 소설가는 낑낑거리는 나를 도울 생각은 않고 태평하게 묻기만 한다. 갑자기 장난기가 발동한다.

유령작가예요. 선생님.

소설가가 양미간을 모은다. 그게 뭔데? 생각을 모으는 주름진 얼굴이 아이 같은 호기심으로 무구해진다.

오늘 대상 수상, 표절작가라고요. 유령작가요!

아하!?

소설가의 입에서 감탄사가 터지고 눈빛이 몽롱해진다. 이리 와. 이리 와 보라구. 나는 긴장한다. 그는 풍산개야. 아니 그의 소설은 풍산개와 같아. 자글거리는 두려움을 누르고 조심스레 다가간다. 이리 와. 이리 와 보라니까. 그가 손을 까닥거리며 재촉하다 어느 순간 나를 확 잡아챘다. 취중이라고 믿기 어려울 정도로 날렵하고 잽싼 동작이다. 그래, 그래. 대상이라구? 축하. 축하해. 유령작가. 뜨거운 소설가의 입김이 귀에 확확 쏟아지고 오소소 소름이 핀다. 나는 말이야. 정말 유령을 좋아해. 이 가짜들의 세상이 지겨워. 그래서 신인상 자리에만 나타나잖아. 핫바리를 찾아서. 히히. 새파란 핫바리들의 비린내라도 맡아야 숨통이 트일 것 같거든. 안 그러면 가짜들의 악취에 숨이 막혀 죽을 거 같아. 어느새 딸꾹질을 그친 소설가가 기습적으로 내 귀에 입을 대고 누른다. 뜨겁고 끈적한 입술이 묵직한 도장처럼 붙었다 떨어진다. 그는 비틀거리며 일어나 화장실로 들어간다. 나는 얼얼한 귀에 한 손을 올리고 여자 화장실의 문을 미는 그를 이번에는 만류하지 않는다. 예술가의 광기. 괴기스런 자화상 하나가 떠오른다. 귀를 자른 고흐. 여선의 목소리도 스쳐 간다. 소설은 참선이 아니야. 나도 죽겠어. 김이 바지를 추스르며 화장실에서 나온다. 먼저 몸을 돌려 통로를 빠져나오고 뒤에서 따라오던 김은 아무것도 알지 못한다.

차창 밖으로 서울이 밀려난다. 기차는 제시간에 움직이기 시작했다. '…휴대폰은 진동으로 돌려 주시고 옆 사람에게 불편함을 주지 않도록 신발을 벗고 계시거나…' 김은 안내방송을 흘려들으며 넥타이를 당겨 목을 헐겁게 하고는 와이셔츠 첫 단추를 풀어 놓는다. 그에게시 한정식집 냄새가 난다. 코를 찌르는 건 담배 냄새다. 냄새는 김뿐만 아니라 내게도 고스란히 배어 있을 것이다. 차창 밖, 도시의 불빛이 고개를 치켜들고 달려온다. 서울을 벗어날수록 저 불빛들에서 멀어질수록 냄새도 옅어질 것이다. 김이 양복 상의를 벗어 내 어깨에 덮어 준다. 거절

할까 갈등하다 타이밍을 놓친다. 등받이에 머리를 기대고 그가 눈을 감는다. 숨어 있던 피로가 솟아나면서 김이 갑자기 늙어 보인다. 머리 위 선반에 달린 꼬마 전구의 불을 꺼 준다. 캄캄한 차창에 화장실 복도가 얼비친다. 지린내 나는 바닥에 퍼질러 앉은 소설가와 한쪽 귀를 싸안은 나. 이제는 소설을 발표하지 않는 과거의 여류소설가도 지나간다. 레일 위를 달려가는 기차처럼, 잠들거나 이제 막 잠들려는 도시에서 누군가 나를 보고 있다. 이 지상의 삶이 계속되는 한 그런 느낌에서 벗어날 수 없을 것이다. 누군가 나를 지켜보고 나 역시 누군가에게 시선을 주고 산다. 왜 쓰냐? 느닷없이 김이 물어 온다. 잠든 게 아니었나. 고저도, 잠기운도 전혀 없는 건조하고 지친 그의 물음에 나는 대답하지 못하고 차창만 쏘아본다.

신갈나무 뒤로

숲은 생각보다 어둡지 않다. 나뭇가지 사이에 햇살도 번하다. 구름 때문에 가렸던 해가 숲에 갇혀 있었나. 얼마 전 혼자 산문 (山門)으로 나갔을 때는 어둑한 숲에서 뭔가 튀어나올 것 같아 한 걸음도 내딛기 힘들었다. 사람의 손을 타지 않은 숲엔 풀과 돌, 나무와 흙이 내쉬는 숨이 가득하다. 보살은 은빛 억새 같다. 바람과 맞서지 않고 순응하는 억새처럼 단발보살은 원시림을 스적스적 지나간다. 어디까지 가려는 걸까. 허연 머리가 숱도 많아 단발이 어색하지 않은 보살은 칠십 대라는 나이가 믿기지 않게 잘도 나가는데 나는 숨이 차다. 땀이 몸의 굴곡을 타고 흐른다.

오전 예불이 끝나자 절은 고요했다. 점심 공양도 끝나 사위가 침묵 속에 잦아들고 휘어진 처마 끝 풍경도 흔들리지 않았다.

인적이 드문 절 앞 도로엔 차들도 제 길의 끝에 틀어박혔나 싶을 정도로 고요했는데 내 방 창 앞에 뭔가가 희끗했다. 악, 소리가 나왔다. 또 하나의 내가 내지른 소리였다. 내 속에는 다른 내가 있고 그 하나는 겁이 많다. 단발보살이었다. 옷도 머리칼도 허얬다. 움직임이 없는 한낮의 절에서 희끗한 게 움직이면 섬뜩했다. 절집 사람들은 거의 무채색 차림이긴 했다. 회색이나 흰색 아니면 검정색 일색인데 얼룩덜룩 색깔 옷을 입는 사람은 공양주뿐이었다. 나도 한동안은 집에서 가져온 색깔 옷을 입었다. 공양간의 쪽마루에 양과 세트를 내려놓고 온 다음 날 공양주가 절 옷 한 벌을 내주었다. 회색 절바지와 흰색 무명저고리였고 그때부터 나도 무채색 속으로 숨어들었다.

우리 산에 가까? 단발 보살이 창 밖에서 턱으로 산을 가리켰다. 앞 산이 얼마나 좋다고. 놀란 가슴을 누르고 산을 올려다 보았다. 내 방에서 보이는 산은 암암했고 나는 한 번도 산에 올라갈 생각을 하지 못했다. 매일 산을 마주 보면서도 절에서 산문까지 나가거나 산문에서 절로 들어오는 길만 뱅뱅 돌았다. 가끔 머리가 먹통이 되었다. 왜 그런지 모르겠다. 꽉 막힌 나무토막처럼 생각이 멈춰 버렸고 그래도 일상은 관성으로 혹은 반사적으로 굴러갔다. 일종의 노화일까. 아니면 나도 모르는 병이 진행되는 중일까. 불안해도 그때뿐, 눈에 보이는 문제도 해결이 안 되는데 보이지 않는 일까지 헤집을 여력이 없었다. 그런데 산엘 가자고? 위장하고 엎드려 있던 곤충에게 투닥, 돌멩이가 날아든 거 같았다. 은은한 미소를 지으며 단발보살은 창밖에서 내 답변을 기다렸다.

길은 아세요?

왕성한 숲 안에 좁은 길이 겨우 틔어 있다. 그렇다. 사람의 발을 탄 흔적이 없고 흔한 방향표시 리본이나 화살표 비슷한 것도 없는 산속은 원시림 그대로다. 아는 사람만 알아볼 정도의 길은 누가 만들었을까. 이 산 저 산 수행을 다니는 스님들의 족적일까. 지상의 여생을 탐색하는 보살들의 여툼인가. 고심하여 찾아온 절에는 대여섯 명의 노인이 입주해 있었다. 불심 깊은 신자들이 기도하러 들어온 것인가 했더니 그런 것만은 아니었다. 절에서 임종을 맞을 작정으로 속가를 떠나온 노인이 대부분으로 그들은 서로를 보살이라 불렀다. 나도 보살이라 불리었을 때 꽤나 어색했는데 며칠이 지나자 익숙해졌다. 백 미터쯤 앞에 햇살이 표창처럼 떨어져 꽂힌다. 원시림의 햇살은 오일장에 처음 나온 칼처럼 쎄— 소리를 낼 듯 푸르다. 끊어질 듯한 길은 꼬리를 물며 침입자를 빨아들인다. 아슬아슬한 숲길 외에는 선불리 발을 들여놓지 못하겠다. 굴참나무, 상수리나무 외에 온갖 식물과 크고 작은 나무가 줄기를 뻗친 낙엽층 사이론 곤충과 벌레, 뱀이나 짐승들이 도사리고 있을 거 같다. 밖에선 완만해 보이던 능선이었는데 막상 들어서자 늪 같은 숲이다.

산의 초입에서부터 단발보살은 능청을 떨었다. 난 젊은 사람처럼 빨리는 못 가. 괜찮아요. 천천히 가시면 돼요. 나도 빨리 못 간다고 그를 격려하면서도 속으론 설마 칠십 대 보살을 못 따라가랴 했었다. 그런데 지금은 정반대다. 한 시간 이상 산을 타고도 보살은 지치긴커녕 출발할 때보다 몸이 가벼워 보인다. 가슴 골을 타내리던 땀이 이제는 어느 부위랄 것 없이 폭폭 솟는데 보살은 짐을 하나씩 벗은 사람처럼 숨도 가빠하지 않는다. 보살의 사대육신은 틀어진 곳 하나 없이 멀쩡해서 시골 여학생에게 할머니 분장을 시켜 놓은 것만 같다. 혼자 헐떡거리는 내가 얼마나 가소로울까.

길은 하나뿐이여.

평지를 걷는 것처럼 돌아보지도 않고 보살이 대꾸를 흘린다. 이 나이에 길을 잃어도 할 수 없는 거이고. 이건 무슨 소리인가. 산에 가자고 꼬실 때는 언제고 이제 돌이킬 수 없는 지점까지 오니 딴청이다. 입에서 쇠 맛이 올라온다. 절에 들어와 한동안 홑이불을 감고 맥락 없이 잠만 잤다. 땡땡. 공양을 알리는 쇠종소리가 내 머리 위에서 흩어졌다. 먹기 위해 비척거리며 나오는 게 면구해 눈을 뜨지 않았다. 한 끼를 놓치자 절집에는 물만 있었다. 우유 한 팩, 계란 한 알, 식빵 한 조각 없는 거처는 내가 원해 들어온 거였다. 못 견디게 허기가 지는 것도 아닌데 한 끼를 거르자 다음 끼니까지 시간이 고무줄처럼 늘어나면서 공양 종소리가 기다려졌다. 입에서는 쇠 맛이 올라왔다.

며칠 전이었다. 자그르르, 자박자박. 자갈이 우는 소리를 냈다. 절마당은 자갈밭이어서 사람이 지나가거나 차가 들어오면 자갈이 앓았다. 그늘도 없는 자갈 마당을 여름 정장을 입은 남자가 돌고 있었다. 더러 그런 사람이 있었다. 예불시간이 아닌데도 혼자 대웅전에서 절을 올리는 사람, 아예 방석에 머리를 박고 오체투지로 엎드린 사람도 있지만 한여름, 법당이 아닌 땡볕의 자갈 마당을 도는 사람은 처음이었다. 더위도, 자갈이 앓는 소리도 듣지 못하는 것 같았다. 남자가 타고 온 차만 돌담 아래 숨어 있을 뿐. 허옇게 달구어진 자갈이 내 심장을 자그락자그락 밟는 것 같았다.

그날 밤 꿈을 꾸었다. 다른 남자와 내가 결혼식을 하고 있었다. 하객 사이에 있던 그는 오늘의 신부가 나인 줄 모르고 있었다. 나는 그에게 들키지 않으려고 조바심을 치다가 그와 눈이 마주쳤다. 깜짝 놀랐다. 그에게 눈이 없었다. 눈이 있어야 할 자리가 구멍이었다. 그러니까 검은 어둠이었다. 당혹이나 분노를 담을 수 없는 구멍의 눈으로 그는 어딘가를 보고 있었다. 나를 보나 했는데 그것도 아니었다. 식장을 지나 더 먼 곳을 구멍은 향해 있었다. 가슴이 철렁해 눈을 뜨자 검은 창이 보였다. 꿈속에서 보았던 그의 눈 같은 창이었다. 내 방의 창은 밤이면 낮과 완전히 모습이 달라진다. 무성한 여름산이 막막한 암흑으로 바뀌어 가슴이 조여왔다. 도시와는 전혀 다른, 숨을 막는 것 같은 어둠은 촘촘한 대나무 발로 가리고 이중창까지 닫아야 안심이 되었다. 그런 어둠에 노출된 채 나는 잠에 떨어져 있었고 검은 산은 꿈속까지 들어와 나를 눌렀던 모양이다. 비칠거리고 일어나 대나무 발을 내리고 이중창을 닫았다. 그리고 다음 날, 절마당을 걸어 나갔다. 여름 해는 곧바로 머리 위로 떠올랐고 자갈이 몸을 피하며 발밑에서 미끄러졌다. 회색 정장을 입고 자갈밭을 돌던 남자의 잔영 한가운데로 나는 직진해 들어갔다.

걸어도 걸어도 산문이 나오지 않았다. 한 시간 정도 걸었고 분명 모습을 드러낼 때가 되었는데도 말이다. 자갈 마당을 벗어나자 날벌레가 달라붙었다. 숲은 습하고 후끈했다. 마른장마라 했다. 무성한 여름 나무들이 담요처럼 햇살을 가렸고 숲에 고여 있던 비가 되지 못한 습기가 칠월의 열기와 뒤섞여 나무의 허리통에 뿌옇게 걸려 있었다. 중간에 갈라지는 길이 서너 번 나타나긴 했다. 잉잉거리는 날벌레를 헤치며 포장된 길을 따라 걸었다. 그의 말대로 조금만 더 나가면 산문이 나왔을지 모른다. 정작 목적지를 지척에 두고 방황했을 수도 있다. 산문으로 나가는 길은 그의 차를 타고 절에 오던 때와 달랐다. 청량하고 적요하던 숲길은 희읍하고 음산하게 변해 있었다. 가지들은 가지각색으로 길을 숨겼다. 늘어진 옷처럼, 머리카락을 풀어헤친 처녀

귀신처럼, 발정난 계집애처럼 길을 삼켜, 어느 순간 더는 걸어 나갈 수가 없었다. 지나가는 사람도 없이 차 한 대만 휘익 스쳐 갔고 뿌연 숲에서는 금방 무엇이 튀어나올 것 같았다. 스쳐 간 차는 혼령이 탄 차 같았다. 나는 길에 갇힌 모양이었다. 돌아갈 길이 걱정되었다.

한 시간을 걸어도 산문이 나오지 않았어.

그에게 전화를 한 것은 절에 들어온 지 열흘째, 집에 가기 하루 전이었다. 절에 있는 동안 나는 한 번도 그에게 전화를 하지 않았고 그도 마찬가지였다. 나는 마치 어제까지 통화를 했던 것처럼, 바로 전날 산문으로 걸어 나간 것처럼 말했고 그도 담담히 전화를 받았다. 그럴 리가 있느냐고. 그는 내가 길치란 걸 알고 있었다. 아니야. 포장길만 따라갔어. 나는 그와 같이 있을 때처럼 우겼고 그는 통화를 하면서 산문까지의 거리를 검색해 일러 주었다. 당신 길 감각은 알 만하지. 몇 미터, 도보로 한 시간. 당신 걸음으로는 한 시간 이십 분, 왕복이라도 두 시간 삼십 분 정도면 돼. 그는 비유나 은유를 즐기지 않았다. 그는 사실적이고 정확한 자료로 나를 승복시키곤 했다. 링반데룽 (ringwanderung)이라는 말도 그에게 들은 거였다. 환상방황(環狀彷徨)이라 했다. 산에서 피로, 안개, 눈보라, 폭우 등으로 사고력이 둔화되어 목표를 잃고 같은 곳을 도는 현상인데 그럴 때는 즉시 행동을 중지하고 조난에 대비해야 한다. 당신 같은 사람은 혼자 산에 가면 안 된다고도 했다. 그래서 나는 산이 아닌 안전한 절로 들어왔다. 하지만 모르겠다. 행동은 중지했는데 어떻게 조난에 대비해야 하는지. 보호색을 걸치고 절집에 숨어도 방법이 보이지 않았다. 숲은 거미줄처럼 나를 휘감았고 나는 후퇴했다. 날벌레는 끈질기게 잉잉거리며 따라붙었고 절을 나간 지 두 시간 만에 패잔병이 되어 돌아섰다.

그나저나 보살은 어디까지 가려는 걸까. 괜히 따라왔다. 사실 나는 단발보살이 어떤 사람인지 잘 모르고 개인적인 친분도 없었다.

거기는 왜 들어왔어?

처마 밑에 모여 먹는 타령을 하던 보살 중 누군가가 내게 물었다. 절집의 시간은 속가와 다르다. 어떤 날은 고여 있고 어떤 날은 마디마디 잘리고 어떤 날은 시간 속에 갇힌다. 아픈 사람 같지는 않고? 공양종이 치기를 기다리던 보살 중 한 사람이 나를 잡아챘다. 끈처럼 이어지던 수다에 방심하고 있었다. 도대체 시장을 안 보고 맨날 밭에서 키운 것만 주니 전부 영양실조 걸리겠다. 오늘 서창 장이니 계란 사 와 방에서 삶아 먹자. 양산에 천불사라고 있는데 반찬이 그렇게 좋고 돈도 싸다. 사천만 걸면 평생 월세 없다. 정말이냐? 내일 같이 가 보까? 그려. 내일 점심 먹고 같이 가 보자. 주지가 가스비를 아끼려고 전을 못 부치게 하지만 교수보살은 제 방에서 생선에 고기까지 구워 먹더라.

냄새가 솔솔 풍겨도 스님은 모른 척하잖아. 주지스님 방은 보물창고야. 신도들이 해 주는 보약에 걸핏하면 외식이고. 자기도 그렇게 하라고. 온갖 맛있는 거 해 먹고 보약에 외식도 하라고. 나도 좀 데리고 가. 돈 뒀다 뭐해? 저 세상에 갖고 갈려고. 혹시 알아? 극락도 돈 주고 사고 팔지? 쉬쉬. 조용히. 새로 온 사람도 있잖아. 쌍계사 산꼭대기 절은 먹고 자고 하루 만 원인데 경치가 그렇게 좋아. 무슨 절인데? 절 이름은 몰라. 길 따라 주욱 가면 산 끝에 있어. 그런 말들이 갑자기 뚝 끊긴 채 모두 나를 보고 대답을 기다리고 있었다.

좀 쉬려고요. 침묵이 무거워 얼버무렸다. 쉰다고? 기도하러 온 게 아니고? 기도라면 법당에 들어가야 하는데 나는 예불에 참석하지 않고 법당에도 잘 나가지 않았다. 애들은 어쩌고? 보살들의 질문이 쏟아졌다. 도대체 지금까지 궁금해서 어떻게 참았을까. 애들은 다 서울에 있어요. 신랑 밥은? 나이는? 반찬을 만들어 놓고 왔다, 회사 식당이 있고 사 먹기도 한다. 얼마나 있을 거냐는 질문에 다시 걸렸다. 얼마나 있을지는 생각해 보지 않았다. 푹 쉬었다 와. 절마당에 나를 내려놓은 그가 말했다. 근데 왜 하필 이 절로 온 거여? 또 다른 목소리가 끼어들었다. 이 절이 좋다고 소문이 나서…. 눈치 없는 내 답변에 보살들이 흥분했다. 누가? 누가 좋다고 그래? 아, 좋지. 안 좋소? 보살은? 이죽거리는 사이로 지팡이 소리가 끼어들었다. 똑, 똑, 똑. 작달

막한 보살 한 사람이 지팡이를 짚고 복도에서 나왔다.

이기 뭐꼬!

구부정한 어깨에 머리만 닭처럼 까닥 들린 노보살이 매섭게 노려보는 상대는 바로 나였다. 영문을 몰랐다. 어디서 살을 내놓고. 쯧쯔. 번득이는 눈이 나를 쩨려보고 있었다. 시님들 계신데! 추상 같은 호통이 떨어졌다. 스님이라니. 주지스님이라야 칠십을 훨씬 넘었고 나는 법당에도 통 들어가지 않아 늙은 중이건 젊은 중이건 볼 일도 별로 없었다. 늙은 나도 살을 안 내놓는데. 허연 적삼에 꿰인 팔을 내 앞에 흔들어 댔다. 헐렁거리는 인견 절바지가 익숙지 않아 무릎께로 올리고 있던 나는 슬그머니 바지를 끌어내렸다. 아이고. 참말로 얄궂네. 표창 같은 시선으로 다시 한 번 나를 쏘아본 보살이 혀를 끌끌 차면서 지나갔다. 영락 없이 시앗을 본 본처의 행투 같은데 다른 보살들은 재밌는지 시시덕거렸다. 저이는 처녀야. 목이 짧은 보살이 소근거렸다. 평생 절집에서 살았어. 인물 없고 배운 거 없고 부모복도 없어 절에서 공양주로 살았대. 팔도에 안 가 본 절이 없더라고. 팔도 치녀라니까.

무슨 사연이 있겠지.

지팡이 보살 때문에 와해되었던 나에 대한 청문회를 환기시키고 정리한 사람이 단발보살이었다. 불쑥 눈앞으로 나뭇가지 하나가 달려든다. 가까스로 피하자 한 단 아래에서 튀어나온 가지

가 오른팔을 죽 긁는다. 긴 사선이 팔에 새겨진다. 그만 돌아가
자고 해야겠다. 보살은 무슨 열매를 따 먹고 있다. 어깨를 넘는
나무에 붙어 발돋움까지 하다 내가 다가가자 손을 내민다. 야
생 딸기와 블루베리다. 빨간 산딸기 몇 알과 검은 블루베리가 입
안에서 시고 달게 터진다. 강하고 떫은 맛이 인간을 위한 열매
가 아닌 것 같다. SOS. 구조 신호이자 유혹의 사인 같다. 나를 먹
어 주세요. 나를 데리고 멀리 가 내 씨앗을 뿌려 주세요. 새콤한
야생의 맛은 열렬한 구애 같다. 인간의 발길이 없는 곳에 이토록
앙증맞은 열매가 맺히는 이유가 그래서일 것이다.

　이런 게 보약이야. 여기가 극락이고.

　보살이 덜 익은 열매까지 훑어 입으로 쓸어 넣는다. 그럴지도
모르겠다. 건강한 생태계란 다른 존재의 희생 위에서 이루어지
는지도. 약한 것은 스러지고 먹히고 사라진다. 불거진 나무 등
걸을 골라 숨을 고르고 앉는다. 일정한 높이로 자란 나무들이
사방으로 가지를 뻗어 하늘을 얼기설기 가린다. 부엽토가 발밑
에서 방석처럼 푹석하다. 알싸한 숲 공기를 조심스레 들이마신
다. 보살처럼 몸과 마음이 확 열리지 않는다. 머리 위로 마디마
디 수피가 떨어질 듯 우람한 나무가 우산처럼 펼쳐져 있다. 보
살은 치마처럼 뻗은 가지에 다가가 나뭇잎을 따기 시작한다.
무얼 하려는 걸까. 같은 나무에 달린 잎이 조금씩 다르다. 검은
회색, 갈색, 노란빛의 윤기 도는 잎도 있고 긴 타원형의 잎 가장

자리는 톱니처럼 날카롭다. 꽤 날카로운 파도 모양이다. 제각기 다른 잎이 제각기의 생명으로 나를 건드리지 마라, 뜯지 마라 소리치는 것 같다. 뜯긴 잎에서 생풀 냄새가 난다. 초록 피 냄새다. 초록 피 냄새에 내 피가 아파한다.

공양간은 산 밑에 있었다. 돌로 축대를 쌓아 산과 공양간을 구분 짓고, 산에서 쏟아진 시누대가 화단과 축대를 겸하는 구조였다. 야생화 한 송이가 요기(妖氣) 없이 피어 있는 옆으로 바짝 내려온 산죽 잎 하나가 휘어져 있었다. 굴러 내려온 돌멩이 하나가 산죽의 허리에 걸려 있어 조심조심 들어냈다. 하지만 산죽은 이미 허리가 부러져 있었다. 부러진 산죽의 허리에 부목처럼 손가락을 갖다 댔다. 허리가 부러지기 전에 대비했어야 하는데 그 순간을 어찌 알랴. 저녁마다 그도 산죽처럼 꺾여 들어왔다. 아침이면 멀쩡하게 나갔다가 저녁이면 술에 구부러졌다. 그의 육신은 아슬아슬하게 술을 담는 자루로 변하고 있었다. 이대로는 안 된다, 입원이라도 하자고 했다. 당신에게 지쳤어. 당신 술에 지쳤다는 말을 그만둔 지도 오래전이었다. 입원이라는 말에 그가 나를 처연히 건너다보더니, 이대로 너를 받아주면 안 되냐고 물었다. 그럼 내가 절에 가겠다고 했다. 그는 놀란 것 같았다. 놀란 눈 그대로 생각에 잠기더니 천천히 고개를 끄덕였다. 알아서 해. 내 심장이 딱딱해졌다. 안 된다고, 어림도 없다고 화를 냈어야 했다. 하지만 그는 주말에 나를 절에 데려다주었다.

이 냄새 좀 맡아 봐. 보살이 뜯어낸 나뭇잎에 코를 킁킁거린다. 내게는 아픈 냄새가 보살에게는 싱그럽기만 한가 보다. 보살이 적당한 돌 위에 걸터앉았더니 신발을 벗는다.

거기는 법당에 자주 안 들어오지. 법당에 들어오면 냄새가 나. 입 냄새 말고 죽어 가는 사람에게서 나는 냄새가 말이야. 보살의 입귀가 귀살스레 올라간다. 죽어 가는 사람에게서 나는 냄새? 나를 놀리나. 살짝 불쾌해진다. 우리 절은 절도 아니야. 고려장이지. 중환자가 없나. 스님한테 미쳐 절집에 처박힌 년이 없나…. 나는 듣기만 한다. 나이 들어 귀는 가는데 코는 그대로야. 보살이 대여섯 장 추린 잎으로 아래를 동그랗게 훑으며 원을 그린다. 늙은 보살들 밑에서 나는 냄새가 법당에 아주 배였어. 산 자에서 죽는 자로 바뀌면서 나는 냄새 말이야.

단발보살은 왜 나를 산에 데려왔을까. 말상대가 없어서? 같이 올 사람이 필요해서? 하기야 절에는 같이 등산할 사람이 없어 보였다. 사실 사기꾼한테 걸리는 거보다야 스님에게 미치는 게 낫지. 안 그래? 하여튼 가지가지야. 다 업장 소멸이지. 보살이 신발 안으로 나뭇잎을 밀어 넣는다. 요렇게 깔면 시원하고 땀도 안 차. 나머지 한쪽에도 똑같이 한다. 그래서 신깔나무잖아. 그런가. 신기하다. 나는 나무 이름도 잘 몰랐다. 그냥 소나무, 상수리나무 정도만 들어 왔다.

거기 도토리도 달렸네. 보살이 가지 하나를 가리킨다. 손끝을 따라가니 싱싱한 잎사귀 안쪽에 연둣빛 꼬투리가 달려 있다. 아기 도토리는 어린 몸이 겨우 조금 생긴 상태다. 이게 신갈나무예요? 그래. 우리 어릴 땐 참나무라고 했어. 도토리가 달리는 진짜 나무라고 참나무라 한 거지. 신갈나무라. 보살에게 손을 내밀어 운동화에 깔고 남은 신갈 나뭇잎을 건네받는다. 윤기 흐르는 잎은 정말 깔고 신어도 괜찮을 만큼 뚜껍다. 가장자리의 톱니는 방어용인가 보다. 잎이 가지에 어긋나게 달린 건 햇빛을 조금이라도 잘 받기 위해서인가 보다. 관심 없이 지나쳤던 것들이 예사롭지 않은 생의 의지를 담고 있구나 싶자 이제야 이름을 알게 된 게 은근히 미안해진다. 그러고 보니 일대는 신갈나무 군락이다. 오래되어 노란빛이 도는 잎은 가죽처럼 질기다. 늙어 질겨지는 것도 하나의 방어수단일 것이다. 입주(入住) 보살들의 공양주에 대한 뒷담화를 듣기 전이었다. 고구마전이 나온 날, 간장을 가지러 주방으로 들어갔다. 공양주를 귀찮게 하지 않으려고 직접 들어갔는데 공양주가 방에서 나와 종지에 간장을 부어 주며 정면에서 면박을 주는 거였다. 별나다. 별나. 공양주는 황당해 하는 내 시선을 묵살하고는 영역을 순찰하는 늙은 암사자처럼 느리고 거만하게 몸을 돌렸다. 비라도 쏟아졌으면 싶던 오후, 공양간으로 가다 자라목 보살에게 붙잡혔다. 예서 기다려. 종 치기 전에 공양간에 들어가면 안 돼. 숙소 앞에 모여 있던 보살들이 나를 보고 있었다. 절에서 제일 무서운 사람이 공양주야. 종도 안 쳤는데 밥 먹으러 가면 혼나. 요즘 공양주 구하기가 하늘의 별따기잖아. 스님이 오냐오냐 하니 공양주가 실세라니까. 열흘 만에 집에 다니러 갔을 때 공양주에게 갖다 줄 게 뭐 없나 살폈다. 거실장 위에 못 보던 패션 타올 세트가 있었다. 아마 그가 갖다 둔 것 같았다. 가방에 챙겨 넣고 절 밑의 빵집에서 양과 세트도 샀다. 반듯한 슈퍼 하나 없는 사하촌(寺下村)인데 모텔과 식당, 술집은 많았다. 슈퍼가 있은들 달리 살 것도 없어 파리바게뜨나마 있는 게 다행스러웠다.

양과 세트와 패션 타올을 챙겨 공양간으로 가자, 공양주는 방문을 열어 놓고 텔레비전을 보고 있었다. 그런 거 가져오면 안 돼요. 공양간에서의 뚱하고 느린 기색은 말끔히 가신 얼굴로 공양주가 말했다. 그런 거 안 받아요. 과한 정색이 오히려 민망했다. 수건이에요. 세수하고 낯 닦는 수건요. 얼굴이라는 단어 대신 나는 굳이 낯이라는 단어를 쓰며 별거 아니라고 마루에 양과 세트와 타올을 내려놓고 왔다.

업장소멸이라. 나의 업도 신발 깔창이 된 신갈나무 잎처럼 두터운 모양이다. 그런데 무엇이 업이 되었을까. 민규를 두고 그를 택한 것? 갈라진 길에서 포장된 길을 택한 거? 길치고 방향감각이 없으니 당연한 선택 아닌가. 누군들 포장길을 택하지 않으랴. 가지산으로 민규를 문병 갔었다. 민규와는 재수학원에서 만나 사귀었고 남편은 민규의 외사촌 형이었다. 가끔 민규를 찾아와 격려해 주던 그가 오면 우리는 셋이 어울려 맥주를 마시고 노래방에도 갔다. 다음 해 나는 그가 다니던 대학의 불문과에 들어갔고 민규는 재수에 실패해 삼수에 들어갔다. 그가 졸업하고 취직했을 때 삼수에도 실패한 민규는 시골집으로 내려갔고 그것으로 연락이 두절되었다. 캠퍼스에서 더러 마주쳤던 그와 결혼까지 하게 되면서 민규는 가끔 보거나 소식만 전해 듣게 되었다. 두 아이가 태어나 자라는 동안 남편은 입지를 굳히느라 고투했고 주량이 비례해서 늘어 갔다. 잦은 음주는 중독으로 변해갔고 두 아이의 학업과 취직은 아직 끝나지 않고 있었다. 민규가 폐암에 걸려 가지산으로 들어갔다는 소식을 들은 것은 작년이었다.

집 한 채를 얻어 민규가 들어간 곳은 차로 한참 들어간 산동네였다. 산에서 나무를 하고 있던 민규는 우리가 가자 방에 군불을 넣은 후, 우전을 우려냈다. 재수할 때 해사하고 호리호리하던 민규는 서글서글한 시골 촌부로 변해 있었다. 옥매트는 일부러 사용하지 않는다는 민규의 몸에서 불내가 났다. 산의 공기가 맑아서인지 불냄새는 산짐승처럼 꿈틀거렸고 나이 탓인지 민규의 입담이 늘어 있었다. 검불 묻은 손을 씻지 않고 다기 잔을 만지며 언제 죽을지도 모르니 마음대로 살 거라 했다.

마음대로? 그게 어떤 건데? 죽는다는 말은 못 들은 척하고 그가 되물었다. 지금까진 오기로 살았어. 남에게 뒤지지 않으려고. 그래서 암이 된 거야. 건축자재도 해로운 게 엄청 많잖아. 이젠 나 하고 싶은 대로 살래. 귀한 손님에게 더러운 손으로 차도 대접하면서 욕을 하건 말건 신경 안 쓸 거야. 장난스런 민규와 대조적으로 그의 얼굴은 어두워져 갔다. 위로가 필요한 사람은 민규가 아니라 남편 같았다. 삼수에 실패한 민규는 건축 현장의 노무자로 뛰어들었고 입대 후 건축기사 자격증을 얻어 제대했다. 군에서 얻은 라이센스는 자격증도 아니라고 주변에서 빈정거렸지만 민규는 건축업으로 기반을 잡았다. 남편은 겉으로는 그런대로 안정된 중년으로 보였다. 그의 알콜 중독을 모르는 민규가 눈치채기 전에 내가 화제에 끼어들었다.

외롭지 않아?

물어 놓고 후회했다. 민규의 아픈 곳을 건드린 것 같았다. 민규는 중매로 만난 여자와 결혼했고 부부 사이가 어땠는지 잘 모른다. 다만 단출한 민규의 시골 살림에 포시라운 아내의 손길은 느껴지지 않았다. 우전을 한 모금 들이킨 민규는, 엄청 외롭다고 스스럼없이 말했다. 거뭇한 손으로 얼굴을 한 번 쓸더니 어느 날 바위에서 뛰어내릴까 봐, 강으로 걸어 들어갈까 봐, 장작을 패고 산을 타고 사냥을 다닌다고 했다. 사냥을? 남편이 물었다. 비 오는 날이나 깊은 새벽 산짐승이 우는 소리를 들으면… 그냥 다 놓고 싶어. 사냥에 대한 남편의 관심을 묵살하며, 어느 날 다 놓아 버려도 상관없도록 정리도 끝냈다고 했다. 마누라와 새끼들도 내가 없어도 살 만큼 재산을 넘겨주었고 자유도 주었다고. 남편은 침묵했다. 침묵이 늪처럼 고이자 정신을 차린 그가 한 대 칠 듯 소리쳤다. 임마! 옛날보다 건강해 보이는데. 정리는 무슨. 형님 앞에서.

내 복근 한번 볼래? 날마다 냉수마찰을 하고 단전호흡도 해. 민규가 티셔츠를 걷어 올렸다. 갈색 나무 둥치같은 단단한 상체가 드러났다. 요 밑 암자에 돌중이 하나 있는데 문하로 들어갔어. 암이라니까 돌중의 첫마디가 살 만큼 살았네. 이제 가도 되겠구먼, 하는 거야. 하하. 이상하게 속이 시원하더라. 하나도 안 야속하고. 네 그렇습니다, 할 만큼 하고 왔다고 항복했지 뭐. 그리고는 친구가 되었어. 쌀을 퍼다 주고 기름도 넣어 주고 비 오는 날 곡주도 같이 마시고. 외로우면 사람이 이상해져. 혼잣말을 하고 자기 속으로 굴을 파고 들어가기도 하고. 때로는 지나가는 새나 땅속의 지네, 아랫동네 과부도 짠해 보이더라고. 얼마 전에는 중 되겠다고 집 나온 여편네 하나가 암자로 기어들었는데 두어 달 연애질 잘 하고 돌중이랑 살살 달래서 내려 보냈어. 방탕한 산적같이 낄낄거리는 민규에게서 재수하던 시절의 해사한 모습이 스쳐갔다.

자식. 형수 앞에서 못하는 소리가 없네. 그도 실실거렸다. 도를 좀 깨우쳤나 했더니 아무래도 너, 근기가 부족한 거 같다. 차라리 그만 내려 가라. 이 형님과 자리를 바꾸는 게 낫겠다. 그가 느물거렸다.

보고 싶지 않은 것은 되도록 안 봐야 한다. 보면 잔상이 남고 남으면 생각이 나게 마련이다. 언제부턴가 그는 내 눈을 피해 술을 마셨다. 뻔한 아파트 안, 보이지 않는 공간이라야 베란다 한 켠이거나 다용도실 정도다. 다용도실에서 세탁기에 기대 소주를 넘기는 그를 보고 나는 고개를 돌려 버렸다. 보고 싶지 않았고 잔상까지 지워 냈다. 그러자 머리 속이 목질이 꽉 찬 나무 토막처럼 어떤 사고나 연상이 되지 않았다. 거실이나 식탁엔 먼지가 주인처럼 넘나들었고 나는 절에 들어와 공양주의 비위를 맞추며 엎드려 있다. 그렇다. 절에 올 사람은 내가 아니고 그인지도 모른다. 굴러내려 온 돌멩이가 나이고 그 돌멩이에 허리가 부러진 산죽이 그였는지도 모른다.

하얀 꽃이 보인다. 보살이 앉은 돌 옆 나무에 핀 것은 가까이서 보니 꽃이 아니라 버섯이다. 버섯은 나무의 몸통을 따라 사선으로 돋아있다. 그는 특히 버섯을 좋아했다. 버섯은 어느 술이나 어울린다 했고 나는 어느 요리에나 어울린다고 받아쳤다. 채소도 육류도 아닌 질감과 무비한 맛은 어떤 재료와도 어울리지만 어떤 술도 마다하지 않는다면 차라리 사양하리라. 노란 버섯이 하얀 버섯이 핀 나무 옆에 낙엽층을 뚫고 올라 와 있다.

부엽토 한 조각을 모자처럼 머리에 이고 솟은 연노란 버섯이 소담해서 손이 절로 간다. 포근한 질감에 초록색 피 냄새가 나지 않아 좋다. 향은 나지 않는다. 무향이 산의 모든 향기를 받아 안기에 더 좋을 것도 같다. 버섯의 천적은 무엇일까. 눈 앞에 보이는 것만 따도 금방 손안에 버섯이 모인다. 단발 보살이 내 손의 버섯을 낚아채더니 풀숲으로 던져버린다.

독버섯이야.

느닷없이 뺨이라도 한 대 맞은 기분이다. 독버섯은 화려하다 했는데 수수하고 소담한 버섯들이었다. 흰꽃 무당버섯이야. 산에선 버섯을 조심해야지. 어느 게 독이 들었는지 모르거든. 보살이 나무 둥지에 남은 어린 버섯을 발로 짓이겨 버린다. 꽃이 핀 거 같지? 천만에. 버섯은 나무의 양분을 뺏어 먹는 저승사자야. 대나무에 꽃이 피면 나무가 말라 죽는다는 거 몰라? 버섯이 폈다는 건 나무가 죽어간다는 증거야. 나는 주춤 물러선다. 수수한 척 피어 있다 단발보살에게 발각된 독버섯이 나 같다.

독도 잘 쓰면 약이지만 그게 어디 쉽나. 명약은 독으로 만든다고 해도 말이지.

그런 말을 들은 것도 같다. 독과 약의 차이는 비율이나 함량의 문제라던가. 이제 그만 가. 얼마 안 남았어. 보살이 손을 털고 앞장선다. 고개만 넘으면 약수터야. 돌아가자는 말은 꺼내지도 못하고 나는 떠밀리듯 따라간다.

더 이상 못 가겠다. 신갈나무 군락을 지나자 산세가 조금씩 거칠어지더니 급경사 지대가 나온다. 숲도 울창해져 좁은 오솔길은 수시로 사라졌다. 앙증맞은 블루베리나 산딸기는커녕 독버섯조차 보이지 않고 울퉁불퉁한 바위만 눈앞을 가로막는다.

다 왔어. 이 고개만 오르만 약수터야. 금방이라도 주저앉고 싶은데 보살이 커다란 돌언덕을 먼저 타고 오른다. 곧 약수터란 말이지. 그래. 이 고개만 올라가자. 다리가 후들후들 떨리고 목이 마르다. 몸속의 수분이 땀으로 죄다 빠져 실땀만 질금질금 번진다. 열흘 만에 간 집도 그랬다. 수척하게 말랐을 그와 소복한 먼지, 씻지 않은 라면 냄비와 소주병의 도열, 더러운 빨랫감 따위를 예상했던 나는 집이 낯설었다. 깨끗한 집엔 클래식 음악이 흐르고 있었다. 많이 듣던 곡이고 그는 별로 말라 있지 않았다. 비발디의 사계야. 오래된 손님을 접대하는 주인처럼 덤덤하게 그가 말했다. 사원 휴게실에 굴러다니기에 들고 왔어. 듣는 사람이 없고 찾는 사람도 없더라고. 비발디, 사라사테, 라흐마니노프…. CD 케이스가 오디오 옆에 서너 장 쌓여 있고 그에게서 희미한 독거의 냄새가 났다. 잘 때도 그냥 틀어 놓고 자. 자는 동안 한바퀴 돌아 저절로 꺼지지. 소파에 기대앉은 그는 할 말을 다한 듯 더는 입을 열지 않았다. 그는 내 절 생활을 궁금해하지 않았고 그런 그에게 술을 그동안 얼마나 마셨느냐 따질 수도 없었다.

사건은 다른 데서 일어났다. 일요일, 절에 돌아가기 전에 그의 밑반찬을 만들었다. 씽크대가 어수선하긴 했다. 마트를 가자할 때도 흔쾌한 얼굴은 아니었지만 내가 운전을 못하니 별 수없었다. 멸치볶음, 장조림, 된장국, 카레를 완성하고 수박 한 조각을 먹으며 쉬는데 주방으로 들어선 그가 말했다. 이게 뭐야. 먹는 것보다 쓰레기가 더 많잖아.

씽크대에 가득한 그릇을 보더니 그의 얼굴이 구겨졌다. 반찬하지 마. 사 먹는 게 나아. 이런 거 없어도 얼마든지 살 수 있어. 당신이 오니 더 엉망이잖아. 그러더니 설거지를 시작했다. 덜거덕 덜거덕. 그릇 부딪히는 소리가 이리저리 튀었다. 좀 치우고 먹으면 안 돼? 나는 주방에서 나와 절로 돌아갈 짐을 꾸렸다.

입에서 쇠 맛이 올라온다. 더 이상 올라갈 힘이 없다. 이 산에서 기진해도 할 수 없다. 핸드폰도 가져오지 않았다. 여기서 무슨 일을 당하면 누구에게 연락할 수도 없다. 헉헉거리며 비탈을 기어오르자 뜻밖에 임도가 나타난다. 그런데 먼저 간 보살이 보이지 않는다. 휘이 둘러봐도 없다. 이 노인네가 뭐하는 짓인가. 불쾌해진다. 보살님. 보살니임. 내 목소리가 떨린다. 여기야. 여기. 보살은 보이지 않고 소리만 들린다. 사방을 두리번거리는데 두려움이 임도처럼 움틀거린다. 저쪽으로 휘어진 임도의 한켠에 뭔가 희끗하다. 보살인가. 어디에 그런 힘이 남았던지 나는 허둥지둥 뛰어간다. 하나뿐인 길이 뭔 줄 알지? 보이지 않는 보살의 목소리가 나를 맞는다. 죽는 길. 장난처럼 선명한 말에 흠칫한다. 이 노인네가 정말 사람을 놀리나. 아시시 돋는 소름을 나는 분노로 바꾼다.

거기여. 거기. 보이지? 시퍼런 밤나무 밑에 보살이 턱 하니 앉아 있다. 저 차, 기억나지? 휘어진 임도의 한쪽에 차가 한 대 서 있다. 하얀 중형차다. 며칠 전에 우리 절에 왔던 차야. 보살이 태연하게 가르쳐준다. 법당에도 안 들어오고 땡볕 속에서 한 사내가 뺑뺑이만 돌더니 그 차가 여기 와 있더라고. 며칠 됐어. 산중 외딴 곳, 차 댈 곳은 아니다.

아무래도 저 차, 뭔 일 있어.

머리가 천천히 막혀 온다. 먹통이 되는 조짐이다. 쉿내 나는 마른 침을 꿀떡 삼킨다. 도대체 나는 이 산중에서 기이한 보살에 홀려 무엇을 하고 있나.

여기까지 오느라 수고했어. 자, 이리 와서 물 한잔 마셔.

보살이 나를 향해 물바가지를 내민다. 그런데 거기까지가 천리 같다. 좀 갖다 줬으면 싶지만 차마 말을 못한다. 다리는 돌덩어리 같고 갈증으로 갈라진 혓바닥이 신갈나무 잎처럼 뻣뻣하다. 보살은 얄밉도록 느긋하게 앉아 입만 놀린다. 그거 아나? 나무는 불리하다 싶으면 땅속으로 파고들어. 그리고는 뒤로 빙 돌아 나타나는 거야. 뿌리는 결코 포기하지 않아. 물을 찾을 때까지 군락을 돌고 바위도 타 넘지. 독을 약으로 만드는 거야. 이게 바로 그 물이야. 보살이 바가지의 물을 내 앞으로 휙 뿌린다. 물 향기가 독처럼 짜릿하게 피어오른다.

날짜변경선

지나간 시간

좌현 갑판에 서서 먼바다를 본다. 햇빛에 반사된 수평선이 금속조각처럼 번쩍이며 항구의 안벽 쪽으로 꼬리를 길게 사린다. 나흘을 항해하여 원양항해 중 첫 상륙지인 하이커우 항(港)에 입항했다. 외항의 묘박지에 도착한 것은 어제 오후였다. 묘박지에서 하룻밤을 보내는데 밤 9시가 되자 마이크 소리가 들려왔다. 시간을 한 시간 뒤로 물리라는 안내 방송이었다. 사흘을 항해하여 한 시간 전으로 돌아간다? 지나 온 시간이 커다란 판이 되어 움찔 한 귀퉁이가 들리는 기분이었다. 머리 위의 태양은 뜨겁고 하이난 성(省)의 대기는 후덥하다. 등 뒤로 도시의 소음이 우웅거리고 물소리는 잦아졌다. 바다는 소리의 세계였다. 난 바다에서와 항구에 접안 중일 때의 물소리가 사뭇 다르다.

사관식당에서는 입국 심사가 진행 중이다. 길다란 책상 한가운데 오성홍기와 태극기가 교차된 왼쪽에 중국 세관원과 의사가 앉고, 오른쪽에 선장과 통신장 그리고 내가 앉아 있었다. 중국 의사가 온다는 전갈에 나도 나갔는데 막상 있어 보니 내가 할 일은 없었다. 세관원이 책상 위에 도미노카드처럼 누운 여권 중 제일 위의 것을 펼쳐 앞에 선 교관을 쏘아보았다. 당신 맞는 거야? 하는 눈으로 2, 3초간 대조하고 의사 쪽으로 여권을 밀어놓으면, 중국인 의사가 볼펜 같은 의료기구로 대상자의 안구를 들여다본다. 검은 동자에 빨간 동그라미가 도장을 찍듯 떠오르다 사라졌다. 아시아 지역에 발발한 조류독감(AI)을 검사하는 거지만 내가 알기로 배 안에는 AI는커녕 감기나 소화불량 환자도 없다.

헌디, 조장 군. 그대 눈깔이 왜 그요?

복도에서 차례를 기다리던 선원들의 농이 입국 심사가 진행되는 사관식당 안까지 들려왔다. 새로 추가된 절차가 선원들의 농담거리가 되어 있었다. 허우대는 조자룡인디, 눈깔이 누르팅팅? 아무래도 상륙은 어렵겠구먼. 워메 워메. 그람 나더러 배에 뒈져 있으라고? 이 작것이. 눈깔이 갔으면 싸게 싸게 육지에 올려 보내 토끼간이라도 빼 먹으라 게야제. 시시덕거리는 사람 중 한 사람은 1갑원이었다. 심사 진행을 도우던 2항사가 중국 관리들의 눈치를 살폈다. 중국에는 없는 약이 없담서? 헤헤헤 나리. 그러지 말고 요거 보더라고. 요거이 그 유명한 수운 진짜 백 퍼센트 해구신이지라. 내가 울 아베도 안 드리고 꼬불쳐 둔 거 인디 이놈을 직접 잡아 말리느라 석 달 열흘 밤잠을 못 자고 보 초를 섰당게. 자자 요거 살짝 받으시고 나 살포시 다녀올란게. 간드러진 익살에 선장이 눈살을 찡그리자 2항사가 얼른 복도 로 나갔다.

조용히 좀 하세요. 지금 공무 중이잖아요. 여긴 우리나라가 아니잖아요.

움찔하기는커녕 기다렸다는 듯 선원들이 낄낄거렸다. 아이고 우리 이항사님. 그럼요. 그럼요. 이봐. 자네 상륙하기 싫은감? 이제부턴 앞 자쿠를 꽉 채우라구. 그래도 아까보다는 한결 낮 아진 음성이었다. 사관이지만 자신들보다 어리고 여자인 2항사 의 질책이 선원들은 마냥 즐거운 모양이었다. 할 일이 없던 내 가 2항사를 따라 슬그머니 복도로 나오자, 1갑원은 웃음을 참 느라 몸을 꼬고 2항사는 그를 쨰려보느라 눈을 세모꼴로 치떴 다. 볼이 잘 익은 빵처럼 반질거리는 2항사는 내 눈에도 무섭긴 커녕 귀엽기만 했다. 이 대학의 십오 프로가 여학생이라 했다. 출항식 때 견장 달린 제복을 입은 여학생들을 보았는데 건강하 고 깨끗해 보였다. 이곳에서 개업했다간 굶어 죽겠구나. 아니 블루오션이 될 수도 있겠다는 생각이 동시에 떠올랐다. 2항사 를 보면 출항 첫날 만났던 여자가 떠오른다. 행여나 그녀를 다시 마주치지 않을까 했지만 아직 그런 일은 없다. 나흘 전이었다. 오전 9시, 실습선이 정박한 부두에 도착했었다. 새벽에 고속철을 타고 세 시간을 걸려 도착한 항구도시였다. 택시는 바닷가에 위치한 해양대학교의 실습선 앞에다 나를 내려 주었다. 꽤나 자극적인 바다냄새가 먼저 왔다. 그때부터 인터넷에서 검색한 사진이 눈앞에 그대로 전개되었다. 하얀 실습선이 한 달간의 원양항해를 떠나기 위해 만국기를 펄럭이며 부두에 계류되어 있고 그 사이로 제복과 사복을 입은 사람들이 드나들고 있었다. 실습선 뒤로 하늘과 같은 색의 바다가 주욱 펼쳐져 있었다. 나는 아직 아무것도 실감이 나지 않았다. 어쩐지 촬영 세트장에 들어온 것 같기도 했다. 3층으로 된 갑판과 마스트, 레이더와 연돌, 공중에 매달린 주황색 구명보트와 윈드라스, 레일과 철제 계단 등. 섬세하고 복잡한 배의 구조물들은 마치 모형을 확대한 것 같았다.

어떻게 오셨어요?

등 뒤에서 목소리가 들려왔다. 화장기 없는 민얼굴의 여자가 서 있었다. 학생인지 교수인지 분간이 안 되는 나이의 얼굴이었다. 이 배의 선의(船醫)로 온 사람이라고 하자 어딘지 주인 같은 태도로 자신을 따라오라 했다. 트렁크를 끌고 여자를 따라 흔들리는 갱웨이를 올랐다. 1항사님. 의사선생님 오셨어요. 여자가 현문—그게 현문이라는 건 나중에 알았다—입구에서 소리치자 어느 방에서 한 사람이 튀어나왔다. 베이지색 제복의 사내가 싹싹하게 나를 맞이해 주었다. 시간 맞춰 오셨네요. 그는 곧 선실을 안내해 주었다. 여관방처럼 길게 이어진 어느 방 앞에 멈춰 문을 열자 동그란 현창이 마주 보이는 작고 소박한 방이 나타났다. 의무실은 바로 옆방이었다. 서울서 오셨지요? 피곤하시겠어요. 나중에 벨이 울리면 식당으로 식사하러 오시면 돼요. 편히 쉬라는 말을 덧붙이고 1항사는 돌아갔다. 그때 이미 여자는 어디로 갔는지 보이지 않았다. 누구인지 알지도 못하고 고맙다는 인사도 건네지 못했다.

내 방은 사병의 숙소 같았다. 혼자가 되자 나는 좁고 딱딱한 일인용 나무 침대에 몸을 던졌다. 서울에서부터 끌고 온 가방은 선실 문턱을 넘긴 곳에 내버려 두었다. 여기까지 왔구나. 몸이 아래로 꺼져 내렸다.

항해 이튿날, 학생들에게 성교육을 하겠다고 자청했다. 첫날 나를 안내해 주었던 여자를 찾을 수 있을지 모른다는 기대감도 은근했다. 지도교수는 왜 그 생각을 미처 못했지 하는 얼굴로 학생들을 당장 세미나실에 집합시켰다.

성(性)에 대해 궁금한 거 있으면 질문하세요. 고민도 좋습니다. 군기가 바짝 들어 세미나실을 메우고 앉은 학생들을 찬찬히 훑어보았는데 그 여자는 보이지 않았다. 역시 학생이 아닌 모양이었다. 그렇다면 그녀의 신분은 무엇일까. 알 수가 없었다. 자기 몸에 무식하면 자신뿐 아니라 타인의 인생까지 피해를 줄 수 있습니다. 순간의 실수로 평생 불행한 삶을 사는 사람이 의외로 많답니다. 그러니 모르는 것은 불행의 씨앗이 됩니다…. 차라리 잘 되었다 생각하면서 이야기를 풀어 내기 시작했다. 통나무처럼 굳어 있던 학생들에게 단도직입적으로 들어갔다. 해피 모닝 같은 거, 알고 있지요? 섹스 후 24시간 이내에 복용하면 임신의 불안에서 해방되는 약이지요. 몰랐던 사람은 여자 친구에게 선물하세요. 요즘은 의학도 돈이 되는 쪽으로 발전합니다. 필요가 발명의 어머니가 아니라 돈이 발명의 어머니인 시댑니다. 그렇죠? 학생들이 웃기 시작하고 나는 시니컬해지려는 자신을 다잡았다. 사실 그 여자가 누군지 알아낸들 무엇 하랴. 단순한 호기심은 그 정도에서 접기로 했다. 체외 수정하는 방법을 알고 싶어요. 체위에 대한 질문입니다. 분위기가 부드러워지자 남학생들이 질문을 시작했다. 그러자 마른 가지에 순이 나고 잎이 나듯 여학생들도 하나둘, 손을 들어 올렸다.

출항 다음 날, 사관 휴게실에서 출항 파티가 있었다. 저녁 여덟 시경 사관 휴게실로 들어서자 테이블에는 만찬 준비가 끝나 있고 1항사와 조리장이 먼저 와 있다가 반갑게 손을 내밀었다. 선장과 기관장, 교수 두 명과 통신장도 곧이어 나타났다. 시간 개념이 정확한 사람들이라 초면인 내가 늦었다면 실례가 될 뻔했다.

나에 대한 소개와 인사로 시작된 파티는 두어 시간이 흐르면서 개인적인 화제로 옮겨졌다. 모두들 적당히 취했고 나도 취기가 돌았다. 여자는 2항사 한 사람뿐이고 나를 제외하고는 모두 구면이라 서로 화제도 많고 분위기도 좋았다.

9월에 말이야. 페루 출장 가야 하는데 비행기를 어떻게 타지?

마른 망고를 입에 넣으며 선장이 걱정했다. 고소공포증이 있나, 화제를 이끌어내기 위한 대화인가 가늠하느라 눈치를 살폈다. 조금 전부터 소변이 마렵기 시작했는데 분위기를 깨고 싶지 않아 버티던 참이었다. 그러게요. 비행기 날개가 움직이는 거 보면 무섭더라. 기관장이 맞장구를 치고 캔 맥주를 들이켰다. 백여 명 이상 태운 육천여 톤이 넘는 배를 조함하는 선장과 기관장이 비행기가 무섭다고? 나는 납득이 가지 않아 주위를 두리번거렸다. 맥주 두 캔에 목덜미가 벌개진 기관장은 생각보다 젊었다. 삼십 대 정도로 보였는데 저 나이에 어떻게 이 큰 배의 기관장이 되었나 싶지만 이쪽 방면에는 워낙 무지하니 누구에게 묻기도 주저되었다. 아니 물을 의욕도 없었다. 하기야 과학이나 IT 방면엔 삼십 대 박사나 교수가 수두룩하고 이십 대 박사도 적지 않으니 말이다.

기관장은 비행기 날개 움직이는 게 두렵다는 거지? 난 비행기 엔진 소리가 불안해.

선상의 부언에 '바닷길' 그러니까 수로(水路)학을 전공한다는 박 교수가 끼어들었다. 육지에 고속도로가 있듯이 바다도 정해진 길이 있다, 아무 곳이나 항해하는 게 아니라고 간명하게 수로학을 정의해 주던 박 교수였다.

　기관장이야 엔진 소리가 뭐가 무섭겠어요. 이상한 소리가 들리면 바로 뛰어가 고쳐 버리면 될 테니까요. 그래 그렇겠지. 기관장은 엔진 소리가 자장가 같을 거야. 선장이 동의하고 기관장도 수긍하듯 듯 코끝만 문지르고 있었다. 기관장이 비행기 엔진도 뛰어들어 고칠 정도의 실력자란 말인가. 나는 새삼스레 동료들의 비상한 신임을 받는 기관장을 보았다. 어딘지 자기만의 세계에 빠져 있는 것 같은, 조금 딱딱해 보이는 사람이었다. 나는 비어 있는 박 교수의 잔에 소주를 부어 주었다. 배 안에서 그나마 익숙한 타입이 박 교수였다. 해양대학교 교수라는데 도무지 배를 탈 것 같지 않은, 전형적인 학자풍의 박 교수였다.

　의사들은 정작 본인들은 내시경이나 라식 같은 거, 잘 안 한다면서요?

　내가 부어 준 소주를 마신 박 교수가 스스럼없이 물었다. 사실 그렇지도 않지만 어딘가에서 주워들은 말을 박 교수는 액면 그대로 믿는 것 같았다.

　그런 것처럼 우리 선장님이나 기관장은 비행기를 못 믿어요. 배가 가장 안전한 교통수단이라 믿지요.

설마? 기관장을 돌아보다 그와 눈이 마주쳤다. 내 설마가 얼굴에 드러났던지, 술을 피부로 마신 듯 목덜미가 발간 기관장이 눈을 빛내더니, 아니오. 나는 기관이 꺼져도 잘 자요. 잠도 안 깬다고 했다. 내게 제일 무서운 건 기관 고장이나 정지가 아니고 전화예요. 전화. 그것도 선장님 방에서 걸려 오는 전화! 그러니 여러분, 내 방에 전화하지 마세요. 와그르르 웃음보가 터졌다. 기계처럼 딱딱해 보이는 얼굴에 말솜씨는 제법이었다.

그래, 그래. 아무도 기관장 방에 전화하지 마. 나도 배에 불나기 전에는 기관장에게 전화 안 할 거야. 통신장. 애인에게 전화 와도 기관장 절대 바꿔 주지 마.

옙. 통신장이 군기 든 신병처럼 소리치자 좌중이 낄낄거려도 기관장은 혼자 시무룩했다. 사교성이 부족하고 살짝 겉도는 느낌이 드는 사람이었다. 사관 휴게실은 가정집 안방처럼 셋팅되어 있었다. 창문도 쇠로 된 스커틀이 아니라 한옥처럼 부드러운 나무 창틀이고, 분홍 커텐이 쳐져 있었다. 문갑 같은 받침대에는 화사한 꽃병과 텔레비전이 있고 사관들의 웃음과 농담이 은성했다. 뒤편 주방에서 안주인이 음식을 만들고 있을 것 같은 인테리어 디자인…. 한바다를 항해 중이라는 사실을 잊고 안방에 있는 것 같은 느낌이었다. 뱃사람들에게 짝퉁 안방이 집 생각을 더 부추기지는 않을까. 가정에 문제가 있는 선원의 경우는 또 어떨까 싶었다.

항해에 중요한 건 기상이고 배에서 제일 무서운 건 화재랍니다.

가르치는 습성이 몸에 배인 건지 본래 자상한 성격인지 박 교수가 내게 일러 주었다. 실습 나온 학생도 아니고 취재 나온 기자도 아니어서 나는 세세한 사항까지 알 필요가 없지만 예의상 고개를 끄덕였다. 하긴 바다에는 달려올 소방차도 없고 배에서 탈출해 봐야 물 천지니 화재가 제일 무섭겠다는 생각이 들었다. 배는 정말이지 더 이상 물러설 곳 없는 마지막 지점이다. 그래서 그 옛날 광인들을 바다로 띄워 보냈겠지. 자신들의 편안한 삶을 방해받지 않으려고 말이다. 그런 마지막 지대여서인지 바다는 육지에서 쓰지 않던 감각을 두들겨 깨운다. 정신 차려. 여기가 어딘 줄 알아, 하듯이. 우선 바다 특유의 자극적인 냄새와 24시간 진동하는 바닥, 끊임없이 귀를 우비는 소리와 항해자를 잠시도 내버려 두지 않는 바람 때문에 불과 이틀의 항해에 나는 긴 길을 온 것 같은 피로를 느꼈다.

지난 항차에는 피부과 의사가 선의로 왔더라고요.

기관장이 내게 소주를 권하며 말을 붙여 왔다. 무슨 소린가 했다. 도대체 피부과 의사도 의산가요? 일견 무례할 정도로 직선적인 어투였다. 뭐라고 대응할까 머뭇거리자 1항사가 참견했다.

무슨 소리. 피부과 의사가 얼마나 돈을 많이 버는데요.

옆에 있던 통신장도 합세했다. 요즘 피부과 의사가 짱인 거 몰라요? 그러자 기관장은 김이 새는지 고개를 돌리며 입을 닫아 버렸다. 피부과든 비뇨기과든 무슨 상관이람. 나는 소주를 입에 털어 넣었다. 실습선의 안주는 외외로 풍성했다. 문어 숙회, 마구로 회, 불고기와 마른 안주, 서너 가지 과일. 조리장이 리모컨으로 텔레비전을 켜자 대통령의 얼굴이 나왔다. 어유, 아직도 우리나라야? 지겹네. 조리장은 리모컨을 쿡쿡 누르며 말을 이었다. 한국 안 반가워. 배 좀 멀리 떨어져서 가라 그래요. 입이 무겁던 조리장이 투덜거리자 참고 있던 요의가 아랫배를 압박해 왔다.

실습생들은 아래층에서 상륙 교육을 받고 있을 것이다. 입학 때부터 기숙사에서 합숙 생활을 하다 삼 학년이 되면 처음으로 원양 항해실습을 나오는 거라 했다. 첫 실습은 화창한 오월에 평온한 동남아 일대를 항해하지만 두 번째 실습은 태풍철에, 거친 바다를 항해하고 항로도 훨씬 길다 했다. 풍랑이 일상인 물 위의 생활, 그 첫 관문에 나는 선의(船醫)로 동승했다. 동승인지 편승인지 배와 바다에 대해 아무것도 모르는 채로.

학생들은 군대처럼 엄격하게 하루 여덟 시간의 과업을 그룹 별로 치러 내고 그 후에도 '생활점검'이란 명목으로 자유가 별로 없어 보였다. 갑판부 선원들이 실습생과 함께 치핑

(chipping)* 작업하는 것을 보기도 했다. 데이워크(Day work) 조(組) 학생들이 안전모를 쓰고 작업복을 입고 배의 녹슨 부분을 두드려 댔다. 도료가 벗겨져 시커먼 철판을 드러낸 난간이나 모서리를 드릴로 갈고 망치로 털어내어 방청도료와 페인트를 바르는 작업인데 쇳소리가 귀를 파고 뇌를 긁었다. 깡깡거리며 쇠를 갉는 소리를 한 시간 이상 들으니 뇌도 마지못해 적응했다. 오죽하면 그 일을 '깡깡작업'이라 했다. 한국을 떠난 지 나흘째. 배는 대양으로 나와 사방 어디에도 땅이라곤 보이지 않는 물 위에서 쉼 없이 물결을 헤쳤다. 배는 마치 바다에 고립된 것 같았다. 항해 나흘째부터 나는 갑판을 어슬렁거렸다. 그 전까지는 근무시간을 엄수하여 착실히 의무실을 지켰지만 아무도 오지 않았다. 배에는 도무지 환자가 없었다. 다들 젊고 건강해 보였다.

조리원 한 사람이 검은 장화에 흰 가운 차림으로 선미 갑판에 앉아 담배 한 대를 피운 후 주방으로 내려갔고, 형태가 다른 배가 마스트 꼭대기부터 떠오르다 사라졌다. 바닷새 한 마리가 나타나 레이더와 난간, 윈드라스로 돌아다니더니 날아가 버렸다. 도대체 아무것도 없는 바다와 하늘의 어디에서 날아와 어디로 가는지 알 수 없었다. 한 번은 내 발치까지 다가와 종종거리

---

* 금속·콘크리트·돌 등과 같은 물체의 표면을 깎아서 불필요한 부분을 제거하거나 구멍을 뚫는 것이며 끌 등의 공구를 사용하며 한다.

178

더니 갑판 바닥을 한참 걸어 다녔다. 사람을 겁내지 않는 게 먹이를 찾아다니는가 싶었다. 참새보다 조금 큰 처음 보는 바닷새는 갈매기가 아닌 건 분명했다. 이 먼바다까지 먹이를 찾는 거라면, 생명 부지 본능은 사람이나 동물이나 얼마나 지겹고 고단한 일이랴. 새우깡이라도 넣어 올 걸 그랬다는 생각이 들었다. 가운의 호주머니를 공연히 뒤적거렸다. 당연히 아무것도 없었다. 영덕 대게 몸통의 칸칸처럼 일백여 명의 승조원이 제각기 생명부지의 노동에 매인 동안 나는 배 이곳저곳을 유령처럼 돌아다녔다.

조리장, 빨리 와.
누군가의 외침이 좌현 갑판에 선 내게까지 들린다. 선장 호출이여! 왜? 아까 인물 검사 했잖아? 나도 몰러. 뙤놈이 조리장을 찾는디? 뭐이가 잘못됐남? 배의 우현 통로로 뛰어가는 두 사람의 발소리가 소란하다. 무슨 일일까. 사관식당으로 돌아가 봐야 하나. 망설이는데 내 눈은 수평선에 머문다. 항해 내내 밤마다 선실에서 혼자 술을 마셨다. 시야는 하늘과 바다로 닫혀 있지만 아직 땅이 그립지는 않다.

복도에 대기 중이던 줄은 다 정리되어 아무도 없고, 열린 문으로 중국 의사 앞에 선 조리장의 뒷모습이 보인다. 선내 돼지

고기 있습니까? 예스. 닭고기 있습니까? 예스. 반드시 끓여 먹
도록 하시오. 예스. 물도 반드시 끓여 먹으시오. 예스. 중국 의
사가 영어로 얘기하면 2항사가 통역하고, 하얀 가운을 입은 조
리장은 영어로 대답한다. 묘한 트라이앵글이다. 2항사는 이제
숙제를 마친 듯 개운한 표정이다. 의사 선생님. 상륙준비 하세
요. 사관식당으로 들어서자 선장이 나를 보고 엄지와 검지를
탄력 있게 튕기며 끝났다는 사인을 보낸다.

　부두에 삼삼오오 내려선 학생들로 무채색 하이커우 항(港)이
환하다. 제복을 입은 남학생들은 한결같이 어깨가 벌어져 늠름
하다. 처음부터 신체검사로 선별된 학생들이라 했다. 하얀 벚
꽃처럼 번져 가는 제복을 보니 가슴 한쪽이 어릿해진다. 의대에
입학했다고 의기양양하던, 내 철없던 시절이 생각났다. 저 눈
부신 제복의 뒤쪽은 땀과 눈물일 것이다. 실습생들은 바닷바람
속에서 작업복을 입고 갑판과 창고를 청소하고, 쇠난간에 매달
려 치핑 작업을 하고 항해 당직근무를 치렀다. 고된 일과를 마
치고도 선실로 돌아가면 생활 교관의 저녁 지시나 명령을 수행
한다. 8시 30분, 재임검 실시한다. 8시 30분에 재임검이다. 에어
컨 환풍기 주변 집중 검사하겠다. 이상! 수시로 왕왕거리며 하
달되는 지시에 사병처럼 시달리는 일과였다. 바다에서 치러 낸
고초가 보이지 않는 문신처럼 몸에 새겨져 제복은 서서히 그들

의 자서전이 되어 갈 것이다. 갱웨이 아래, 입초를 선 중국 공안원이 선망에 찬 눈으로 화사한 실습생들을 바라본다. 중국에서 유일하게 열대과일이 나는 아열대 기후에 목까지 올라오는 두터운 군복을 입은 공안도 이십 초반의 앳된 나이다. 의자에 앉지도 못하고 종일 선 채 입초를 선 그의 가슴에 푸른 멍이 들지도 모르겠다. 싱그럽고 풍요해 보이는 외국의 이십 대들과 비교되어. 젊을 때는 특히 다른 또래에게 민감하니까.

의, 사, 손쌤님.
현문 당직실 앞에서 볼칸이 나를 부른다. 상륙 안, 하세요? 종이 한 장을 건네며 그가 싱글벙글이다. 볼칸은 학생들에게 해사영어를 가르치는 삼십 초반의 그리스인 강사로, 대화 중에도 막히는 단어가 있으면 핸드폰의 우리말 전자사전을 뒤적이는 적극파다. 전시에는 학생들이 제4군으로 동원되고 실습선은 병원선으로 차출된다는 것도 볼칸을 통해 알게 되었다. 그렇다면 난 군의관이 되는 거로군. 부두 주소와 지도, 연락처 따위가 인쇄된 '상륙자를 위한 프린트'물을 보는데 당직실 밖, 갑판에 있던 선원들의 말소리가 들린다.
일본 같은 선진국은 안 그런데 꼭 요렇게 어중간한 나라들이 유난을 떤다니까.
기관부원과 1갑원이 갱웨이 아래 입초를 선 중국 공안원을

두고 하는 말이다. 볼칸이 내게 조용히 하라는 눈짓을 하곤 귀
를 기울인다.

글시. 지킬 게 무어 있다고. 우리가 밀입국이라도 할깜시? 하
이고, 니들이 우리 배에 밀입국헐까 봐 무섭당게. 갱웨이 아래
선 새파란 공안이 우리말을 못 알아들어 다행이다. 출입국 심사
를 할 때도 선장과 통신장은 절차가 끝날 때까지 긴장하고 있
는데 복도에서 순서를 기다리던 선원들은 연신 시시덕거렸다.
애먼 2항사만 중국 관리와 선장의 기색을 살피며 들락거리느라
눈치를 보고 조바심을 냈다.

한국 선년(선원)들 대단해요.

볼칸의 말에 왜? 내가 눈으로 묻자 그가 수사관처럼 고개를
갸웃거린다. 아무래도 저 수다에 뭐가 있는 거 같거든요. 전에
쓰촨성 지진이 났을 때도 모든 술집이 문을 닫았는데 선원들은
용케 비밀리에 술 파는 집을 알아 몰려가더라니까요. 한번은 마
닐라에서 배가 부두에 묶여 출항이 안 됐어요. 그때도 저 1갑원
이 그러는 거예요. 안개는 핑계여. 우리보다 늦게 온 일본 배와
스웨덴 배는 진작 떠났어. 선장이 구두쇠라 비자금을 안 풀어
묶인 거라고요. 그런데 신기한 건 1갑원은 영어나 중국어도 못
하거든요. 그런데 어떻게 그런 정보를 물어 오는지 몰라. 아무
튼 저 수다가 그냥 수다가 아냐. 분명 무슨 연막이나 뭐와 연관
이 있는 것 같다니까요. 그렇지 않아요? 볼칸이 내게 동의를 구

한다. 분명 어떤 선원은 대단한 달변가이고 어떤 선원은 지나치게 직설적이다. 그들의 달변과 직설, 서로 대조되는 두 개의 화법은 바다라는 작업환경과 연관이 있는 것 같다. 내가 별 반응이 없자 볼칸이 프린트물을 흔들며 재촉한다. 외, 출, 준비해야지요? 나는 그에게 먼저 나가라는 뜻으로 출입문에서 비켜선다. 그는 이미 깨끗한 옷으로 멋을 낸 상태다. 몬, 저 갑니다. 급하면 볼칸의 한국말은 서툴러진다.

의자에 몸을 묻는다. 조용조용 물소리가 건너온다. 바다는 소리의 공간이다. 갑판에서 듣는 소리와 선실에서 듣는 물소리가 다르다. 언제 어디서나 물소리는 달랐다. 세상에 같은 소리는 없다.

세관원이 돌아가고 모두 상륙으로 들썩이니 의무실을 찾는 사람은 없을 것이다. 배에 간호사가 없다기에 은근히 걱정했는데 기우였다. 학생과 교수들은 젊은 사병과 장교처럼 튼튼하고 선원들은 직업군인처럼 노련하다. 먼 곳에서 야잘거리는 물소리가 마치 아내가 등 뒤에서 물을 뒤집어쓰는 소리 같다. 가까운 소리 사이에 꼭 그런 환청이 끼어든다. 샤워를 마친 아내는 남자를 만나러 갈 것이다. 커피숍에서 아내를 본 건 그랜드호텔에서 학회 세미나가 있던 오후였다. 세미나의 2부 행사인 12층 뷔페 장소로 이동하기 위해 갈색 유리벽으로 된 커피숍을 끼고 걸었다. 뷔페 식당은 커피숍 뒤편인데 유리벽 너머로 아내가 보였다. 어떤 남자와 마주 앉아 있어 웬일인가 다가갔는데 일행인 닥터 권이 내 팔을 잡았다. 그쪽이 아니야. 뷔페는 이쪽이지. 대학동기인 권의 강권이 아니었다면 학회에도 참석하지 않았을 것이다. 서재에 처박혀 산 지 일 년도 더 되었다. 사는 게 넌더리가 났다. 전공인 비뇨기과는 뒷전이고 피부과 시술과 회유로 살아왔다. 박피, 보톡스, 바니리프팅, 테너플라주마, 프락셀 따위에 묻혀 장사꾼으로 꾸려 온 시간을 더 이상 끌고 나갈 에너지가 바닥이었다. 퇴근하여 돌아오면 서재에 처박혔다. 가끔은 근무시간을 잘라 먹고 들어오기도 했다. 컴퓨터 앞에 웅크리고 앉아 먹지도 자지도 않았다. 비몽사몽 간에 아내가 서재에 들어서면 컴퓨터 모니터를 보는 척했다.

사진 속 아내는 무심히 앉아 있고 옆의 남자는 시선을 내리깔고 노란 과일의 껍질을 벗기고 있었다. 배경은 일광이 좋은 공원이고 과일은 아내가 좋아하는 천혜향 같았다. 사내의 손에 들린 노란색이 유난히 눈을 찔렀다. 두 사람 사이엔 밀회의 은밀함이 느껴지지 않았다. 가족이나 친구 아니면 자원봉사라도 나온 사람들처럼 아내와 남자는 담백해 보였다. 이 남자가 커피숍에서 보았던 그자인가. 혹 아내의 배다른 형제가 뒤늦게 나타난 건가 싶은 생각까지 들었다. 심부름센터는 착수금을 지불하자 거짓말처럼 아내의 밀회 장면이 찍힌 사진을 보내왔다. 그것도 세 번이나. 세 번째 사진을 받고서야 머릿속에서 미세한 균열이 일어났다. 바다인지 강인지 낚싯배 같은 것에 두 사람이 나란히 앉아 있었다. 아내는 난간에 손을 걸치고 남자에게 어깨를 기댄 채 눈을 감고 있었다. 루즈조차 바르지 않은 민얼굴을 대기 중에 그대로 드러낸 아내의 표정이 편안해 보여서 기이하고 낯설었다.

그래. 바다는 비뇨기과 의사인 내게 더없이 적합한 곳이다. 육지의 아랫부분이 바다이니 육지의 배설물을 받아 내는 비뇨기과가 담당하는 건 당연할 것이다. 육지의 쓰레기통, 음탕한 욕망의 질과 항문. 바람난 여자가 선택한 방법이 항해인 것은 절묘하다. 아내를 쫓아낼까 내가 집에서 나가나 하는 궁리로 머릿속이 뒤죽박죽일 때 아내가 먼저 선수를 쳤다. 생각보다 대담한 여자였다. 어느 날 눈을 뜨니 모니터에 공고 하나가 떠 있었다. 남쪽 항구도시의 해양대학에서 원양항해에 동승할 선의(船醫)를 구한다는 거였다.

차라리 어디 여행이라도 가든지 아니면….

아내의 가라앉은 목소리가 들렸다. 아내가 켜 놓고 내가 깨기를 기다린 해양병원의 홈페이지를 들여다보다가 수화기를 들었다. 담당자와 닿느라 몇 차례 전화가 넘겨지고 나는 습관화된 직업의식으로 조목조목 물었다. 선의(船醫)의 조건은 무엇입니까? 보수는요? 간호사는 있나요? 항로는 어떻게 되지요? 아내가 서재의 문을 닫고 나가는 소리를 듣고 중간에 수화기를 내려놓았다. 간호사는 동행하지 않는다. 보수는 얼마이고 항로에 대한 설명을 듣던 중에 수화기 속 답변이 잘려 나갔다. 수화기를 내려놓자 웃음이 클클 밀려왔다. 하필이면 미셸 푸코의 『광기의 역사』가 떠올랐다. 16세기 프랑스, 도시의 권력자들이 자신들의 평온한 삶을 위해 광인(狂人)들을 바다로 밀어 넣었던 배. 그래 나더러 선의로 나가라고? 가장(家長)을 불안과 이농의 공간으로 밀어 넣고 당신은 완전 자유를 구가하려고? 내 목숨 값이 될지도 모를 월급까지 고스란히 챙기면서?

하기야 나는 더 이상 서재에 처박혀 있어서는 안 되었다. 1년간 칩거했으니 이젠 무언가 변화가 있어야 했다. 어딘가 낯선 곳으로 가 부딪히고 으스러지더라도 어떤 결단을 내려야 했다. 입가에서 무언가 툭, 터졌다. 손으로 더듬어 보니 입가의 물집이 농익은 고름처럼 제 결에 터지는 거였다.

승선 첫날, 검은 밤의 현창을 배경으로 발렌타인을 홀짝였다. 사람들이 선실 깊이 파묻힌 시간, 통로를 오가는 발소리는 끊기고 칠십여 명의 실습생도 두꺼운 격벽 안에 몸을 누인 시간, 물소리가 키를 세우며 다가왔다. 선실 침대에서 눈을 감자 아내의 말소리, 노랫소리, 설거지 소리 그리고 교성이 들려왔다. 벌떡 일어나 검은 현창을 열었더니 비말과 함께 서늘한 기운이 날아들었다. 바람 소리, 파도 소리, 거대한 물덩어리가 쏟아내는 음기(淫氣), 바다의 교성이었다. 떠도는 내가 누운 곳은 물 위, 징벌의 배였다. 삿된 환영을 밀치려 애를 썼고 결국 트렁크에서 발렌타인을 꺼냈다. 쉬지 않고 항해하는 배처럼 물은 소리의 올가미를 만들어 내게 던졌다. 선원들이 달변이 되거나 직설적이 되는 것은, 한시도 쉬지 않고 그물처럼 덮쳐 오는 물소리 때문인지도 모른다.

똑똑. 노크 소리에 정신을 차린다. 조리원이 하얀 가운을 입고 문 앞에 서 있다.

선생님. 오늘 저녁식사 하실 겁니까?

그렇구나. 모두 상륙하면 식당의 조리원들도 식사 준비를 할 필요가 없을 것이다. 당직을 위한 인원만 남고 조리부도 상륙하는 모양이다. 그의 기대를 저버릴 용기가 없다. 아니오. 나도 곧 나갈 겁니다. 조리원이 만족한 얼굴로 물러간다. 사우나라도 다녀올까. 물의 천국인 바다에는 물이 귀했다. 육지에서 싣고 온 물이 떨어지면 비싼 기름으로 바닷물을 정수해 사용한다기에 출항 후 샤워도 조심스러웠다. 어쩌면 새 모이도 살 수 있을 것이다.

외출복으로 갈아입고 복도로 나오니 통로 끝에 기둥 같은 게 달려 있다. 가까이 가니 의자 위에 올라가 천장에 손을 넣고 에

어컨을 수리하는 사람이다. 수고 많으시네요. 힐긋 내려다보는 사람은 작업복을 입은 기관장이다. 압축기 입구에 얼음이 얼었어요. 에어컨이 가동되지 않는데도 사람들이 아무 말도 안 하네요. 그런가. 나도 지나다니면서 복도 에어컨이 꺼진 줄 몰랐다. 그런데 기관장이 상륙도 안 하고 이런 일까지 직접 하다니 의외였다. 아랫사람을 시켜도 될 텐데 말이다. 나는 그냥 지나가려다 그에게 넌짓 물었다. 기관장님이 에어컨도 직접 고치세요? 그가 천장에 눈을 준 채 대답한다. 다들 상륙을 나가서 기관 파트엔 나밖에 없어요. 이 사람도 나처럼 외출 기피증인가 하는 생각이 슬쩍 들었다.

하이커우 항은 나의 내면처럼 휑하다. 부두를 걸어 나오는데 벌써 후회가 밀려온다. 식사는 컵라면 하나만 얻어 놓으면 될 걸, 그 말을 못해 무리를 하다니. 부두는 창고 시설이 빈약해 화물은 야드에 비닐 덮개 같은 걸 뒤집어쓰고 누워 있다. 화물도 많지 않고 띄엄띄엄이다. 드넓은 부지엔 크레인 한 대가 쓸쓸하게 놓여 있을 뿐이다. 전용부두인지 겸용부두인지 알 수 없고 낡고 커다란 트럭과 트레일러만 차선 없이 한가하게 오간다. 인천항과 아주 대조적이다. 줄 지은 대형 트레일러와 빈틈없이 들어찬 컨테이너, 빽빽이 밀집한 배후시설까지 조밀한 인천항과 비교하다 머리를 흔든다. 육지와 연관된 것이라면 어떤 것도 연상하고 싶지 않다. 부두 입구까지 걸어 나가는데 한참이 걸리고 머리 위에서 아열대의 햇빛이 자글거린다.

부두 정문을 나오자 초라한 가게 서너 개가 보인다. 나무 그늘 아래 늙수그레한 현지인 서넛이 모여 앉아 나를 본다. 마치 동물원 원숭이 구경하듯 노골적인 관심에 내가 민망할 정도다. 우리 배에서 나온 사람들은 그새 어디로 갔는지 한 명도 보이지 않는다. 택시는 보이지 않고 그나마 길 건너편이 이쪽보다 번화하여 일단 그쪽으로 건너가기로 한다. 도로엔 횡단보도가 없다. 8차선의 드넓은 도로는 아무리 봐도 차선이나 신호등이 없다. 지하도나 육교도 없는데 할 일 없는 중국인들은 계속 나를 구경하고 있다. 땅은 넓고 자금이 닿지 않아서인지 도로 시설이 우리와는 비교가 안 된다. 무단 횡단 외에는 길 건너 번화가로 가는 방법이 없어 보인다.

빠아 앙! 자동차들이 미친 듯 달린다. 분명 저 멀리 있는 트럭을 보고 충분한 거리겠다 싶어 도로 안으로 들어왔는데 트럭은 나를 뻔히 보고 그대로 돌진해 와 귀청을 울리며 사정없이 달려간다. 한순간 정신이 없다. 중국에는 차가 제일 무서워요. 아예 목숨 걸고 다녀야 한다니까. 사관휴게실에서 커피 타임 때 볼칸이 했던 말이 떠오른다. 사람보다 차가 더 귀한 거 아닐까요? 인간이 워낙 많으니까, 그렇게라도 좀 걸러 내려고 말이에요. 2항사가 농담으로 받자 볼칸이, 그런가 봐. 바쁜 세상, 빠릿빠릿하지 못한 인간들을 솎아 내고 싶은 모양이라고 하던 말도 흘려들었다. 길에 들어서자 자동차들의 속도가 무섭다. 인도에선 이 정도일 줄 몰랐다. 8차선 도로 건너편까지가 지독히 멀게 느껴진다. 하이난 성이 유명한 관광지라 하이커우 항이 황량하리라곤 생각하지 못했다. 볼칸에게 받은 프린트물에는 관광 단지로 이름난 산야 지방은 버스로 8시간 밖의 거리에 있다고 되어 있다. 8시간이라니. 우리나라의 끝에서 끝까지 갈 수 있는 시간이다. 중국의 거리 개념을 우리와 비교할 순 없겠다. 되돌아갈까. 돌아보니 뒤쪽도 위험해 보인다. 이른 오후, 훤한 대낮에 이곳 사람들은 다들 어디로 간 건지 나처럼 길을 건너는 현지인도 없다. 두려움이 스멀거린다. 누군가 건너올 때까지 기다리자. 낯선 나라 낯선 항구에서 방어막이 되어 줄 다른 사람을 찾아 두리번거리는 꼴이라니. 길에 갇혀 꼼짝 못하는 자신에 대해 화가 치민다. 분노가 마땅한 상대를 찾지 못하자 속이 뒤틀리고 어지럽다. 꼴이 말이 아니다. 열대과일을 키우는 태양은 머리 위에서 조롱하듯 이글거린다. 속이 부글거리는데 드디어 내 뒤편 도로에 두어 사람이 나타난다.

오가는 차들을 두리번거리며 두 사람이 앞서거니 뒤서거니 다가오자 그제야 안도의 숨이 트여 온다. 여자 한 사람과 남자 한사람, 그리고 그 뒤를 따라 한 명의 노인이 다가오고 있다. 달리는 차가 잠깐씩 끊기는 사이로 세 사람은 지그재그로 흩어져

차 사이로 파고들어 온다. 아슬아슬한 묘기를 보는 것처럼 마음이 조마조마하다. 꾸미지 않은 곡예를 보는 것처럼 이마에 땀에 맺힌다.

선생님.

뜻밖의 한국어에 나는 어리둥절하다. 실습생이나 선원은 아니다. 어? 그녀다. 출항 첫날, 부두에 멍하니 서 있던 나를 안내한 여자. 배에서 아무리 찾아도 보이지 않던 여자다. 나도 모르게 햇볕에 얼굴이 발갛게 익은 그녀에게 다가가 팔을 덥석 잡는다.

자. 갑니다.

차가 두어 대쯤 설 공간이 생기자 그녀가 선언한다. 볼칸이 오케이, 고개를 까닥인다. 나는 볼칸과 3기사 사이에 끼어 있다. 3기사님. 볼칸은 그녀를 그렇게 불렀다. 그녀가 기관사란다. 그녀의 팔을 잡고야 한 걸음 뒤에서 좌우를 살피며 다가오던 볼칸을 알아보았다. 의, 사, 쏜, 생님. 참으로 반갑게 들리는 서툰 우리말과 함께.

나는 두 사람 사이에 껌처럼 붙어 보조를 맞춘다. 중국 노인은 우리 뒤에 바투 붙어 따라온다. 잠시만 지체하면 중국 트럭이 서슴없이 파고든다. 앞으로 세 걸음, 스톱, 다시 두 발 앞으로 잠시 정지. 3기사가 내 점퍼의 소매를 당겼다 놓으며 신호를 보낸다. 나는 어김없이 신호를 받아들여 발을 떼고 그녀의 손길이 주춤하면 정확하게 그 자리에 멈춘다. 3기사가 옷소매를 당겨 신호를 주면 우리는 거의 나란히 일렬로 서고 달려오던 차는 마지못해 우리 앞에 멈춘다. 결집된 무리는 힘이다. 두어 발뒤의 현지 노인이 우리를 따라잡으려 서두르자 까만 자동차가한 대가 경적을 울리며 위협한다. 노인이 기어이 우리와 합류하자 차는 분풀이하듯 거칠게 속력을 올리며 달려간다. 드디어 우리는 길 건너에 무사히 도달한다. 그제야 나는 안도의 숨을 쉬며 3기사의 팔을 놓아준다.

바다의 끝

삼십 분이나 기다려 받은 햄버거와 콜라를 절반도 못 먹었다고요!

3기사의 항의다. 나를 본 건 맥도날드 매장 안이란다. 마을 사람들이 다 모인 듯 매장은 벅적거렸는데 빵빵한 에어컨과 서구적인 산뜻한 인테리어, 가격이 크게 부담스럽지 않아 그런 것 같다고 했다. 바닥에서부터 천장까지 통유리로 된 매장에 앉아 시식을 하다 길 한가운데 갇혀 오도가도 못하는 나를 보았다고 했다. 이 거리는 혼자 건너긴 위험해요. 일행이 반드시 있어야 한다고 했다. 나는 상륙 경험이 있다는 3기사와 볼칸을 31층 호텔의 스카이라운지, 회전식 레스토랑으로 데리고 왔다. 못다 먹은 햄버거 대신 제일 비싼 곳에서 맛있는 저녁을 사겠다고 했는데 도로를 건너자 저녁을 먹기엔 시간이 너무 일렀다. 그렇다고 두 사람을 데리고 사우나를 하러 가거나 새 모이를 사러 갈 수는 없었다. 볼칸이 맹그로브 공원을 제의했고 우리는 택시를 잡았다. 어차피 떠밀리듯 나온 상륙이니 나는 무엇을 하건 상관없었다.

중국 특유의 빨간색 등이 현란한 공원은 넓디넓어 한 바퀴 돌자 적당한 어둠이 몰려왔고 공원 입구에 있던 노점상은 출구까지 빼곡했다. 조악한 물건은 종류도 많아서 길다란 사탕수수를 깎아 파는 노인, 방석 하나가 점포의 전부인 점쟁이, 알아듣지 못하는 중국말로 막무가내로 호객하는 삐끼에서 야바위꾼까지 끝이 없었다. 3기사는 하나하나 호기심도 많았다. 조잡한 조개껍질에서 즉석 풀 팔찌까지 만지작거리며 흥정을 하니 잡상인들이 먹이를 발견한 하이에나처럼 달려들고 나는 불안해지기 시작했다. 내 눈에는 잡상인의 절반이 관광객을 노리는 소매치기나 사기꾼으로 보였다. 종내는 볼칸이 택시가 기다린다고 윽박질러, 찰거머리 같은 장사치들에게서 겨우 그녀를 떼어 낼 수 있었다.

바다 끝에 육지가 없다면 무슨 재미로 항해를 하겠어요? 항해의 묘미는 상륙이라고요. 항변하는 그녀는 세상물정 모르는 어린애 같았다. 이 동네는 호텔이란 간판 대신 양광반점(陽光飯

店), 산동주점(山東酒店) 식의 간판이 건물 꼭대기에 걸려 있었다. 제일 높은 빌딩의 스카이라운지로 올라오자 중국 냄새가 물씬 풍겼다. 비음이 많이 섞인 음악과 착 달라붙는 치파오의 중국 여인이 붉은 카펫의 복도에서 미끄러지듯 다가와 우리를 맞았다. 검은 바다처럼 어두운 바깥 풍경은 네온의 변화 외는 보이는 게 하나 없는데도 3기사는 창가 자리를 고집했다. 주문한 음식이 나올 즈음, 부두 앞 무법천지의 도로에서 곤두섰던 긴장이 풀리면서 '그놈'이 서서히 고개를 들었다.

레스토랑 입구의 여자종업원을 보면서 볼칸은 생기가 돌아, 몸에 착 붙은 비단 치파오의 종업원에게 상냥하게 말을 걸었다. 캔 유 스픽 잉글리쉬? 여인이 물고기처럼 고개를 흔들며 빠져나가자, 이 사람들은 왜 영어를 안 배우냐며 볼칸이 어깨를 흔들며 아쉬워했다. 주문한 음식이 차례로 나왔다. 연어 스테이크와 안심 스테이크, 탕수육 등. 장식이 화려한 음식을 3기사는 다이어트라는 단어를 모르는 사람처럼 먹기 시작한다. 이렇게 왕성하고 맛있게 식사하는 여자를 본 지가 언제인지 모르겠다. 한국에선 어린아이에서 할머니까지 다이어트에서 자유롭지 않았는데 말이다. 신기하게 보는 내 눈길을 의식했는지, 대합찜 하나를 작은 블랙홀 같은 입으로 삼키며 그녀가 변명한다. 배를 타면 빨리 배가 꺼져요. 3기사 앞에 세 개째 빈접시가 쌓여도 여종업원은 빈 그릇을 수거하지 않았다. 사회주의 국가의 근성 때문인지 몰라도 인형 같은 검은 머리 종업원의 무심함이 나는 오히려 편하다.

어째서 기관사가 되었어요?

나는 석 잔째 백주(白酒)를 마신다. 화려한 음식은 변장한 여자처럼 식욕을 돋우지 않고 발목에서부터 스멀거리고 올라오는 그놈, 우울을 밀치려 들이켜는 알콜이 심장을 풀어 놓는다. 진작부터 궁금했다. 여자 기관사라니, 여자로서 힘든 직업인데 그녀의 집에서 반대하지 않았을까. 해양대학교의 여학생 비율이 십오 퍼센트라는 얘기를 들었을 때도 그런 의문이 들었다. 아뇨. 어릴 때부터 바다를 보고 자라서 크면 바다로 가리라, 그 너머까지 가 봐야지 생각했어요. 삼촌이 외항선원인데 외국 얘기도 자주 들었고 부모님도 엔지니어라는 직업을 좋아하셨어요. 기관일은 배워 두면 평생 기술이 되어 나중에 배에서 내려도 먹고살 걱정은 없을 거라고 하셨거든요. 내 아버지도 내가 은행원만 되어도 좋다셨다. 그런데 아들이 의대에 합격하자 어깨에 힘을 주고 다니셨다. 은행원이 아들의 적성에 맞는지 의사가 아들의 적성인지 그런 개념은 없었다. 무조건 서울대를 가고 졸업해 대기업에 취직하면 성공했다고 믿는 부모였다.

나는 우리집보다 나은 집 딸과 결혼하여 병원을 차릴 수 있었고, 아들도 둘이나 두었다. 그러니까 부모의 기대 이상으로 성공한 셈이다. 아들 하나는 지금 스위스에서 글레옹 호텔학교를 다니고 한 명은 미국에서 재즈음악을 공부하는 중이다. 그런데 그런데 그놈이 온 것이다. 권태, 무기력, 우울. 처음엔 완만한 사이클이라 이런저런 방법을 찾아 나섰다. 운동, 취미, 모임, 명상. 하지만 놈이 오는 주기는 잦아졌고 그 모든 방법이 소용이 없어지면서 우울증 약까지 복용했지만 차도가 없는데, 아내는 딴 남자를 만나고 나는 결국 바다로 왔다. 밀려온 건지 도망쳐 온 건지 나도 알 수가 없다.

힘들지 않나요? 더욱이 기관실이면.

기관이라면 자동차 엔진밖에 모르지만 기관실은 젊고 예쁜 여자가 지낼 곳이 아닐 것이다. 적어도 '괜찮은' 삶의 공간은 아닌 게 분명하다.

혹시 존 해리슨을 아세요?

내 앞에 있는 가리비 접시를 끌어당기며 3기사가 반문한다. 처음 듣는 이름이네요. 락 가수인가요? 영국의 시계공. 볼칸이 대답한다. 딩동. 볼칸. 역시 1항사예요. 시계공 해리슨. 평생 시계를 만들다 골방에서 죽었어요. 3기사가 입에 넣은 가리비를 씹어 삼킨다. 우리가 지금 경도를 찾을 수 있는 건 그 사람 덕분이에요. 존 해리슨은 여든세 살에 세상을 떠날 때까지 시계만 만들었어요. 예순여덟에 시계를 만들었을 때는 너무 늙어 그의 아들이 군함 데포드 호를 타고 실험해야 했대요. 해리슨은 죽을 때까지 시계를 연구했는데 오차는 일 년에 0.5분 정도였다고 해요. 정말 대단하죠? 해리슨뿐 아니에요. 나침반의 발견, 해도의 발견, 조류, 수심, 바람, 바닷길에 대한 연구나 기관의 발전 과정이 전부 한 편의 드라마예요. 사람이 바다로 나오는 과정이 바로 고난의 역사였죠. 힘들지 않을 리가 없었겠죠. 바다는 힘든 건 기본이고 가슴 벅찬 공간이기도 하죠. 저도 제가 기관사로서 얼마나 잘할 수 있을지 몰라요. 위대한 선배들의 빽을 믿고, 하는 데까지 해 보는 거죠. 해 봐야 알 테니까요. 3기사가 싱긋 웃는다. 그렇지 않은가요? 나는 약간 어이가 없다. 진로를 그렇게 결정할 수도 있는 건가.

수수께끼 하나 풀어 보실래요?

나는 볼칸처럼 어깨만 들썩여 보인다. 요즘 기러기 아빠가 유행인데 혹시 원조가 누군지 아세요? 원조 기러기 아빠? 그걸 내가 어찌 아나. 나도 기러기 아빠가 될 뻔했다. 차라리 기러기 아빠가 나을 거란 생각도 든다. 아내가 나를 두고 아들을 따라가지 않은 건 아이들이 거부해서다. 노! 마마! 아들도 부모의 사랑보다 자유가 좋을 나이다.

그게 뱃사람이죠. 3기사가 내 생각을 자른다. 그렇구나. 그렇겠구나. 고개를 끄덕여 준다. 하지만 세상은 뱃사람이나 그 가족은 안중에 없답니다. 뱃사람은 소금에 절인 생선인 줄 알아요. 생선에 소금 간을 하면 안 상하잖아요. 뱃사람이나 선원 가족은 속이 상하지 않는다고 생각하는 거 같다고요. 보세요. 뱃사람들의 기러기 신세는 관심도 없다가 육지에서 기러기 아빠가 등장하자 난리가 났죠. 우울증, 이혼, 자살 같은 단어를 갖다 붙이면서 매스컴은 사회문제로 이슈화시켰죠. 그때도 선원들의 기러기 신세는 언급도 하지 않았어요. 엄살 작렬. 제겐 그렇게 보였어요.

한 모금의 백주를 입안에서 가만히 굴린다. 그랬던 것 같다. 잡상인들 사이에서는 철없는 아가씨인 줄 알았는데 제법 생각이 분명하다. 하지만 그건 뱃사람뿐 아니다. 사회의 소수자들 대부분이 그렇다. 장애인이나 트렌스젠더 등에도 세상은 냉정하고 무관심하다. 그런데 대체 이 여자는 몇 살인가. 대학을 졸업하고 3기사이면 스물대여섯 정도 되었을 텐데 또래들이 소설책이나 인문 서적을 뒤적일 때 해양대 학생들은 바다에 관련된 사람들을 연구하겠지. 자자. 분위기 좀 식힙시다. 볼칸이 그녀의 잔에 포도주를 따른다. 투명한 보라빛 적포도주잔이 내 잔에 부딪혔다 떨어진다. 3기사는 볼칸의 맥주잔에도 자신의 잔을 부딪히고는 음료수라도 마시는 것처럼 쭈욱 들이켠다. 식욕만큼 음주도 시원하다.

세상에는 바다의 자성(磁性)에 예민한 사람과 둔감한 사람이 있어요.

이번에는 볼칸이다. 문외한인 나를 앉혀 놓고 강의를 할 작정인가 보다. 지루한 내용이 아니어서 참아 준다. 그렇지만 바다의 자성에는 동조할 수 없다. 단어에서부터 아전인수의 냄새가 난다. 그러니까 자성은 말이야. 얼마나 바다에 노출됐느냐에 따라 다르겠지. 나처럼 땅 한가운데서 태어나 줄곧 땅만 보고 살아온 사람이 어떻게 바다의 자성을 느낄 수 있겠나. 두 사람이 협공해도 말려들지 않을 거다. 3기사가 볼칸 앞의 수북한 열대 과일 접시를 제 앞으로 당긴다. 쏜생님은 이런 항해, 처음이시죠? 볼칸이 묻는다. 물론이지. 리치 한 알을 떼어 껍질을 벗기던 3기사의 눈에 호기심이 가득 담긴다. 그래. 어땠어요? 바다가? 첫날 부두에서 뵈었을 때 저 배가 내가 타는 배 맞는 거야, 하는 모습이더니?

의, 사, 쏜생님. 입은 헤 하고 안 벌렸어요?

볼칸이 나를 놀린다. 글쎄다. 두 사람에게 미셸 푸코와 『광기의 역사』 얘기를 하기는 그렇다. 바다가 소외의 땅, 육지에서 자리 잡지 못한 자들이 모이는 유배의 땅이라고 할 수도 없고, 도망자의 섬이라 하기도 그렇다. 3기사는 듣지도 보지도 못한 존 해리슨은 알아도 저 유명한 16세기 프랑스, 도시의 권력자들이 자신들의 평온을 위해 광인들을 바다로 떠나보낸 배는 모르나 보다. 여자 기관사와 항해사라. 도대체 여자를 험한 바다로 내보내는 사람들은 어떤 작자들인가. 설사 제 발로 나왔다 해도 말이지. 뱃사람들은 여자가 배 타는 걸 싫어한다던데.

답변을 피하며 뻔한 질문으로 화제를 돌린다. 있어요. 여자를 못 믿는 선원들 많아요. 3기사가 족집게처럼 대답한다. 하지만 좋아하는 선원도 많죠. 역시 어리석은 질문이었다. 내친 김에 조금 더 밀어붙인다. 아무래도 결혼하면 힘들지 않을까. 이렇게 바다를 떠돌면 육아 문제도 그렇고.

그럼 육지에서의 결혼은 행복한가요? 바다에선 문제가 있고?

찔끔한다. 내게서 불행한 결혼의 냄새가 풍기는 것일까. 물론 육지에서 계속 붙어사는 게 능사는 아니다. 칼릴 지브란이 일찍 경고했었다. 사랑하는 사이라도 사원의 기둥처럼 떨어져 있게 하라고. 바람이 드나들 정도의 간격은 유지하라고. 바람이 드나드는 공간이라면 바다가 제일이겠다. 하지만 눈에서 멀어지면 마음에서도 멀어진다는 말이 있지. 결혼도 안 한 처녀가 무얼 안다고. 당돌하긴. 하지만 저 나이 때 나는 무슨 생각을 했을까. 인생에 낙오될까 두려워 기를 쓰고 달렸을 거다. 동료들에게 지지 않으려고 세상이 입력해 준 프로그램 대로, 스스로 불행해질 용기가 없어 프로모터처럼 가동하다 부하가 걸린 것이다. 이제까지의 시간은 인간적인 삶이 아니었다. 나도, 그리고 아내도.

의사 쏜생님. 내 한국식 이름 알아요?

볼칸의 질문이 엉뚱하다. 으응? 상념에 빠졌던 나는 정신을 차린다.

내 이름은 볼칸, 볼케이노(Volcano). 화산이에요. 그래서 한국 이름은 이화산. 구 교수가 지어 주었는데 사람들이 자꾸만 날

더러 화상아 화상아 이 화상아. 이러는 거예요. 특히 갑판부 아저씨들이. 리듬까지 넣어 가며 흉내를 내고는 울상이다. 풋. 1갑원의 익살이 그려지며 맥주가 터져 나온다.

우리는 실습선이 정박한 부두까지 걷는다. 레스토랑을 나와 볼칸에게 택시를 잡으라고 하자 3기사가 막는다. 걸어갈래요. 술도 깨고 다리 운동도 할 겸요. 생각지 않은 말에 나는 당황한다. 여기는 위험한 곳이오. 연장자의 책임감이었다. 호텔 앞은 번화하지만 그 외 지역은 불안해 보였다. 가로등도 없이 음습하고 후락한 곳들은 위협적이었다. 급속한 경제 성장에 비해 미처 따라오지 못한 현지인의 정체성도 알 수 없었다. 그렇다고 혼자 택시를 타고 허름한 부둣길을 돌아가는 것도 내키지 않았다. 책임감에 옅은 질투와 두려움도 섞여 있다.

의사 선생님은 걷는 거 싫으시죠? 다이어트는 철저히 하시고? 3기사의 말에 잔가시가 느껴진다. 레스토랑에서 적게 먹는 걸 보고 나를 그렇게 생각할 수도 있겠다. 대답을 생략한다. 길은 알아요? 항해사는 방향감각이 지구 규모예요. 볼칸은 전직 1항사고요. 아까 레스토랑에서도 들은 말이다. 우린 여기가 초행길도 아니고 전에도 상륙지에서 정박 부두까지 자주 걸어 다녔어요. 3기사의 말이 작은 공처럼 구른다. 우린, 항해사, 지구 규모의 방향감각, 전에도 자주. 내 속의 벽에 부딪힌 단어가 반동으로 이리저리 구른다. 항해사의 방향 감각은 모르지만 고착된 믿음은 위험할 수 있다. 자동차가 빛을 흘리며 질주하는 길을, 두 사람 사이에 끼어 걷는다. 볼칸이 '칭따오' 맥주에 대해 떠들고 3기사는 '아사히'가 좋다고 재잘거리더니 이야기는 과거로 건너뛰기도 한다.

이상도 하다. 어느 순간부터 내가 배가 된 것 같다. 흐르는 물 위의 조각배, 혹은 나뭇잎 배. 나를 띄우고 흘러가는 물의 재잘거림이 편안하고 정겹다. 전에 나는 1항사였어요. 자유롭고 싶어서 항해사가 되었는데 계산 착오더라고요. 볼칸이 항해사는 자유로운 직업이 아니었다고 하자 내 오른쪽에 선 3기사가 동조한다. 한번은 대서양에서 태풍을 만났어요. 썬, 생, 님. 대서양 알아요? 가 본 적 있어요?

나는 절래절래 고개를 흔든다. 조각배가 어떻게 대서양을 알랴. 삼십 미터 파도가 덮쳐 오는데, 상상하실 수 있겠어요? 삼십 미터! 말로는 도저히 표현 못 해요. 그리스어로도 안 돼요. 그냥 거대한 물더미가 벽이 되어 밀려오는 거예요. 한국어 표현력이 부족한 볼칸이 눈을 크게 뜨며 탄탄한 그의 몸은 주술에 걸린 것처럼 떨린다.

브리지 창을 메운 시퍼런 물의 벽, 길이 2백 미터가 넘는 우리 배가, 강철로 된 배가 정말 엿가락처럼 휘어졌어요. 볼칸의 목소리가 아득해진다. 예, 맞아요. 동조하던 3기사도 숨을 죽이고 듣기만 한다. 볼칸은 지금 대서양의 삼십 미터 물더미 앞에 서 있다. 우르르르. 천지를 진동시키는 물소리에 귀가 멀고 가슴이 먹먹하다. 퍼렇게 밀려오는 괴물에 하얗게 질리는 사람은 바로 나다. 머리가 쩌억 갈라지고 숨이 멎는다. 와그르르. 거대한 수괴(水塊)가 마침내 아내의 얼굴로 변해 나를 덮친다.

젊음 탓인가 봐요. 죽음은 실감이 나지 않던데 두려움보다 이렇게 죽으면 허무하다는 생각이 들더라고요. 볼칸의 목소리가 처연하다. 부드러운 곱슬머리의 유쾌한 유럽 청년이던 볼칸의 얼굴에 산전수전 겪은 늙은이의 우수가 서린다. 그래 이화산, 아니 이 화상. 나는 너와 같이 공포에 짓눌렸다. 고통은 아직 우리를 움켜쥐고 너와 난, 아프고 힘들고 자유롭지 못하다.

그 바다에서 돌아와 한국으로 왔어요.

볼칸이 낮게 한숨을 내쉰다. 육지에서 쉬면서 공부나 좀 하려고요. 그래서 한국의 해양대로 왔어요. 영어는 생활비 때문에 가르치는 거고 박사 과정에 들어갔는데 거기서 구 교수를 만났어요. 에이. 그런데 구 교수 때문에 이렇게 다시 바다로 나왔다고요. 구 교수? 기관장님 말이예요. 그때는 교수님이었거든요. 3기사가 보충한다. 속도감 없는 볼칸의 말이 그녀는 답답한 모양이다. 구 교수는 기계에 미친 사람이에요. 그분은 손 대면 못 고치는 기계가 없어요. 기계에 천재예요.

기관학과 교수이던 구 교수는 어느 날부터 실습선의 기관실에 틀어박혔다. 두 척의 실습선 선장들은 서로 구 교수를 자기 배로 끌어가려고 암투를 벌였다. 그만 있으면 실습선으로 지구를 몇 바퀴 돌아도 상관없다고 공언하기도 했다. 구 교수가 강단을 버리고 실습선으로 들어간 건 그의 아버지 때문이라 했다.

구 교수의 아버지는 어선의 기관부 선원이었다. 그의 아버지는 배를 타서 외아들을 성공시키는 게 꿈이었는데 남태평양 어장에서 기관실 화재로 숨을 거두었다. 그것도 아주 사소한 사고 때문이었다고 한다. 기관실에서 응축기를 수리한 후, 웨이스(waste, 폐기물)에 옮겨붙은 작은 불씨에 그의 아버지는 육지로 돌아오지 못했다. 평생 바다에서 살아온 선원이고 이제 그만 쉬라고 해도 조금만 더, 아들 장가갈 때까지만 하고 버티던 사람이었다.

아버지의 장례가 끝나자 구 교수는 실습선의 기관실로 내려갔다. 기관실을 무균실처럼 쓸고 닦으며 그는 고장이 생기지 않는, 좀 더 나은 기계의 연구 개발에 매달렸다. 학교에서 아무리 호출해도 구 교수는 강단으로 돌아오지 않았다. 그런 구 교수를 보면서 볼칸은 자신 역시 바다를 떠날 수 없다는 걸 육지에 있어도 마음의 알맹이는 늘 바다를 헤맨다는 걸 깨달았다.

구 교수는 한국의 존 해리슨이에요. 그는 기계 소리를 들을 줄 알아요.

상륙 나올 때 혼자 배에 남아 복도 에어컨을 손질하던 기관장이 떠오른다. 모두들 나간 빈 배에 남아 에어컨을 수리하던 그는, 사람들과 함께 출항파티를 하는 것보다 공구를 들고 기계를 만질 때 더 안정되어 보였다.

대형 트럭이 매연을 뿜으며 달려간다. 나는 3기사를 안으로 밀어 넣고 차도 쪽으로 옮겨 걷는다. 짧은 침묵이 온다. 3기사와 볼칸, 구 교수가 왜 배를 타는지 알고 나니 이번에는 내 얘기를 해야 할 것 같다. 내가 왜 선의로 배에 오게 되었는지 하는 이야기를. 거칠게 오가는 자동차 소리의 여음(餘音)이 먼 바닷소리처럼 멀어진다. 집을 떠나오면서 세 장의 사진을 아내의 화장대 위에 올려놓았다. 사내의 모습과 그 옆에 앉은 아내의 태연한 모습이 오버랩된다. 그 영상을 지우며 나는 땜방용 얘기를 꺼낸다.

인간의 건강은 태어날 때 이미 DNA에 결정되어 있어요.

앞선 얘기와 상관 없는 화제다. 운동이나 요가, 채식, 명상 뭐 건강을 위해 아무리 해 봤자 별 소용이 없고 오십보백보라는 게 내 생각이에요. 생물은 타고난 유전자대로 살다 죽는다. 단지 의사들이 솔직하게 털어놓지 않을 뿐이다. 환자가 줄고 수입이 줄 테니까. 의사라는 직분이 주는 이상한 만용. 누구에게나 설(說)이 통할 거라는 묘한 우월감은 내게 피부처럼 육화되었다. 마음에 드는데요. 그럼 우리의 건강은 자연에 맡기기만 하면 되는 거네요. 3기사가 재밌어한다. 대부분 사람들은 내 의견을 받아들이려 하지 않았다.

그런데 그 자연은 어디에 있는 거죠?

3기사가 야무지게 반문하자 볼칸이 외쳤다. 고만! 고만! 골치 아픈 논쟁이 시작될까 봐 그가 미리 방어하고 3기사도 입을 닫는다. 그러더니 그녀가 나지막히 응얼거린다.

바다의 끝에서
육지는 시작된다.

시(詩)다. 그녀의 목소리가 달콤한 포도주 향과 함께 도회의 매연 속으로 동그랗게 흩어진다.

The land begins
Where the sea ends.

볼칸이 후렴처럼 영어로 따라 읊는다. 처음 듣는 시는 아마 번역시 같았는데 굴을 빠져나온 바람처럼 외진 항구의 밤기운 속으로 아릿하게 사그라든다. 멀리서 바닷소리가 다가온다. 내 귀는 3기사와 볼칸의, 페이스트리처럼 겹겹으로 울리는 소리에 아슴아슴해진다. 너는 누구냐. 내 속의 가식과 체면, 부끄러움 같은 것을 무위로 만드는 너. 일찌기 옛사람들이 밀랍으로 귀를 막고 기둥에 몸을 묶어 너의 자장에 끌려들지 않으려 안간힘을 쓰던 유혹의 소리. 너는 누구냐. 천의 목소리를 가진 사이렌의 노래를 부르는 넌.

파랑(波浪)

비가 바람을 타고 창문을 때린다. 꼭꼭 여닫은 현창과 선실 문을 스치는 바람소리가 귀를 찌른다. 방 안의 모든 물건들이 삐그덕거리며 비명을 내지른다. 고장 나기 전에는 관심 없던 몸의 장기처럼 있는지조차 몰랐던 사소한 집기들이 소리를 지르며 존재를 알린다. 나무 침대와 책상, 구석에 있던 쓰레기통. 책상 위에 있던 책은 더더덕 떨리다가 결국 밑으로 떨어져 구른다. 롤링과 피칭이 반복되어 의무실에서 방으로 들어왔다. 속이 메스꺼워 의자에 앉아 있기도 힘들다.

귀선(歸船)하자 두 명의 환자가 다녀갔다. 상륙 중에 음식을 잘못 먹었던지 설사와 배탈 증세를 보이는 남학생 한 명과 갑판부 직원 한 명에게 각각 하루분씩 약을 처방해 주고 경과를 살펴보자 했는데 출항 이틀째인 오늘까지 다시 의무실에 나타나지 않는다.

날씨가 변한 것은 하이커우 항을 떠난 후였다. 출항 시에는 멀쩡했는데 한바다로 나오자 슬슬 하늘이 무거워졌다. 배는 두 번째 기항지인 필리핀 마닐라를 향해 항로를 돌렸다. 하루를 날려 나오자 하늘이 무겁게 내려오면서 수평선이 흐릿하다. 시정(視程)이 좁아지고 물빛이 탁하게 변하는 걸 갑판에서 지켜보았다. 옅은 빗줄기가 안개와 뒤섞여 흩날리면서 바다는 거칠어지기 시작했다. 멀리서 검은 배 하나가 수평선에 붙어 지나갔다. 기온이 뚝뚝 떨어져 선실과 의무실의 에어컨은 꺼야 했다.

항해를 시작할 때 바다가 뒤집히길 바랐다. 미친 바다, 들끓는 바다, 뒤집히는 바다와 맞닥뜨리고 싶었다. 그 뒤는 생각하고 싶지 않았다. 죽든 살든 다만 이 상태를 견딜 수 없다는 막막한 심정이었다. 레스토랑에서 볼칸에게 대서양의 파도 얘기를 들을 때 머리끝이 쭈뼛 서면서 소름이 돋았지만 그 환청도 약발이 오래가지 않았다.

느물거리는 속을 누르고 갑판으로 나온다. 갑판엔 아무도 없다. 배는 시퍼렇고 검은 물을 천형을 치르는 것처럼 외롭게 가른다. 아침까지 가는 빗속에서 비눗물을 풀어 갑판 청소를 하던 데이워크 조 학생들도 바다가 거칠어지자 아무도 얼씬거리지 않는다. 학생들의 주거구역은 선실 아래층이다. 복도에는 나스카 라인처럼 배의 투시도가 붙어 있고 배는 피라미드처럼 아래로 갈수록 무게와 부피가 커진다. 담배를 꺼내 불을 붙인다. 손으로 가려도 라이터에 불이 붙지 않아 도로 호주머니에 넣는다. 어제 저녁부터 굶었다. 속을 흔드는 멀미 때문에 아무것도 먹고 싶지 않았다. 선장은 그럴수록 더 잘 먹어야 한다지만 글쎄, 그건 사람마다 다를 것이다. 빈속에 물만 삼키니 몸이 가볍다 못해 혼령만 남은 것 같다. 의식만 남은 껍데기 같은 육신을 바람과 바다가 뒤흔든다.

　가운의 깃을 세워 목을 집어넣고 윈드라스의 양 날개 사이에 몸을 묻는다. 머리카락이 짧은 채찍이 되어 이마를 때리고, 옷깃이 내 껍데기를 벗어나려 푸드덕거린다. 그렇다. 차라리 이런 무기물. 인간보다 몇 배 강한 굵은 홋줄, 윈드라스, 앵커와 비트 같은 것들이 믿음직스럽다. 윈드라스에 칭칭 감긴 굵은 홋줄을 파고든다. 밧줄의 홈 사이에 등을 밀어 넣자 이상한 안도가 온다. 내가 이 바다에서 실종되거나 죽어 버리면 이 윈드라스와 홋줄은 내 마지막을 알리라. 나의 마음을 너희는 읽었으리. 먼 바다에서 파도가 하얀 갈기를 세워 이빨을 드러내고 달려온다. 주황색 작업복을 입은 선원 한 사람이 상갑판에서 난간을 잡고 조심조심 내려온다. 바람의 화신인 양 선원의 짧은 머리와 옷도 사정없이 바람에 떨린다. 그때였다. 바닥에 내려선 선원 쪽으로 비창처럼 뭔가 떨어져 내린다. 이크. 선원이 얼른 한 발을 들었다 떼며 물체가 떨어진 위를 쳐다본다. 배의 기물이 부서져 날리는 걸까. 그러나 바닥에 떨어진 물체는 푸드득 떨더니 몸을 옹송거린다. 어, 갈매기네. 선원이 중얼거린다. 몸을 한 번 떤 갈매기가 선실 벽으로 몸을 붙인다. 바다가 거칠어지니 새들이 안

전지대로 피신해 온 모양이다.

자슥, 혼겁이 났구나. 요 온나. 내가 살리 주께. 선원이 갈매기에게 두 손을 내밀어 안아 올린다. 놀랍게도 갈매기는 반항하지 않고 선원의 품에 안긴다. 선원이 앞섶에 새를 안고 나오다 나를 발견한다.

뭐하요? 여기서? 위험한데.

갑자기 나를 보고 약간 놀란다. 바다구경 하는 갑네. 어서 안으로 들어가소. 파랑주의보가 파랑 경보로 바꼈거든요. 퉁명스런 목소리가 바람에 떨려 퍼진다. 파랑경보? 일기예보 시간에 몇 번 들었지만 정확히 아는 바는 없다. 물 많지요? 까불다가 물 먹습니다아. 선원이 바다를 흘깃거리며 지나간다. 이 날씨에 바다구경 하는 선의가 아니꼬운 모양이다. 담배 생각이 난다. 다음 순간 커다란 파도가 배 옆구리를 쾅, 들이박는다. 비말이 갑판을 타넘고 선체가 떨린다. 순식간에 갑판을 타 넘는 물로 선원과 나는 물벼락을 뒤집어쓴다. 차갑고 매서운 손이 나를 일시에 훑고 간 것 같다. 그것 보라는 듯 선원은 물이 흐르는 얼굴로 돌아보며 히죽 웃는다. 놀랬나? 인자 괜찮다. 그가 품 안에 든 새를 들여다보며 말한다. 새보다 못한 대접을 받는 거 같지만 그닥 불쾌하지 않다.

언제 해제된답니까? 파랑경보요.

돌아선 그에게 소리쳐 묻는다. 내가 어찌 아요. 하느님이 아시지. 선원이 물이 뚝뚝 떨어지는 옷으로 복도로 가더니 입구에서 한 손으로 움큼움큼 물을 쥐어짠다. 부르르. 몸을 한차례 떨고는 새를 안고 복도로 들어선다. 착 달라붙은 머리와 바닷물에 젖어 번들거리는 뒷모습으로 그는 복도의 계단 아래로 내려간다. 나도 옷자락을 움켜쥐고 바닷물을 짠다. 쪼르륵. 내 몸에서 흐르는, 어느 사이 배어든 바다가 은빛으로 빛난다.

복도에 들어서자 기관실 소음이 갑판에서보다 크게 들린다. 마치 갑판의 바람과 기계소음이 누가 더 센지 소리로 겨루는 것 같다. 갈매기를 싸안은 선원이 내려가고 복도에는 혼자다. 바다가 거칠어지자 모두 방에 틀어박혀 신에게 간구라도 하는 건가. 실습생들의 수업도 취소되었는지 배 전체에 인적이 없다. 기관실로 내려가 볼까. 이상한 호기심이 동한다. 바다가 험해지면 제일 바쁜 곳이 기관실일 것이다. 젖은 옷을 입은 채 계단을 타고 아래층으로 내려간다. 그동안 배 어느 곳이나 자유롭게 다녔다. 브리지는 물론이고 세미나실, 선후미 갑판과 창고, 헬스실, 도서관, 상갑판 등. 학생들의 수업을 참관하고 직접 수업을 하기도 했으나 기관실만은 선뜻 내려갈 수 없었다. 누군가 금지하는 사람이 없어도 그랬다. 어쩐지 그곳은 외부인이 함부로 들락거릴 수 없는 공간처럼 느껴졌기 때문이다. 3기사가 있는 곳이라서일까. 아니 출항파티에서 본 기관장 때문인가. 묘하게 패쇄적이고 사람을 거부하는 듯한 인상이어서 덜렁 내려가기가 주저되었다. 그런데 온몸에 물세례를 받고 나니 더 이상 주저할 이유가 없다는 묘한 오기가 생긴다. 성난 바다와 맞서는 당직자들, 지금의 기관실을 봐야겠다.

The worst officer is one who guess.
가장 나쁜 사관은 추측하는 사람이다.

기관실 정면 벽에 붙은 붉은 글씨가 나를 맞는다. 기계의 집은 바깥에서 상상했던 것만큼 시끄럽거나 뜨겁지 않다. 그래도 공중탕의 더운 물에 처음 몸을 집어넣을 때 오싹한 것보다는 강도가 세다. 적어도 사십 도 정도는 될 것 같은 공기에 무지막지한 디스코텍의 문을 열었을 때 정도의 소음으로 가득하다. 이런 곳에 오래 있으면 청력에 분명 손상이 올 것이다. 난청을 유발하는 열대 사막에 들어선 것 같은 열기. 이런 곳에서 3기사나 기관장이 평생 일을 한다고 생각하자 주저가 도망간다. 슬슬 올라오던 젖은 몸의 한기가 열기에 마른다.

안으로 들어가자 기계의 밀림으로 들어가는 것 같다. 갖가지 밸브며 배관, 파이프가 복잡 다양해서 사람도 하나의 부속으로 여겨질 지경이다. 회색 일색일 거라 예상했던 기계들은 초록, 흰색, 빨강 그리고 검정과 연한 하늘, 은색이 두루두루 있다. 힘차

게 돌아가는 기계들의 역동과 열기에 축축하던 옷이 뻣뻣해진다. 거대한 동물의 뱃속에 들어가는 기분. 위층에서 느꼈던 롤링과 피칭, 멀미 기운도 기관의 열기가 날려 버리는 것 같다.

기계 사이의 통로를 조심조심 걸어간다. 기계 동네의 당직 사관이나 부원은 어디 있나. 미지의 동굴을 탐사하는 기분으로 종유석 같은 밸브와 호스가 가로지르는 천장과 바닥을 기웃거리며 계단을 오르내린다. 드디어 저 안쪽에 유리벽으로 가로막힌 컨트롤 룸이 나타난다.

어이구, 어서 오세요.

기관부원 한 사람이 컨트롤 룸의 유리문을 열며 나를 맞아준다. 처음 보는 사각턱의 사내다. 계기판 앞에서 차트에 무언가를 적고 있던 3기사가 나의 몰골을 보고는 얼른 수건을 꺼내준다. 수건에서 커피 냄새와 밀폐된 공기 냄새, 섬유유연제 향이 은근하다. 갑판에서 풍랑을 구경하다가 물벼락을 맞았어요. 3기사가 쌤통이라는 얼굴로 웃으며 무선 주전자에 물을 올린다. 멀미가 싹 가셨겠네요? 더운 커피를 두 잔 만들어 3기사가 나와 기관부원에게 권한다. 파도, 이제 시작일걸요. 까칠한 건 여전한 그녀다.

그래서 기관실로 피난 왔어요.

기관부원이 내게 의자를 권한다. 바깥은 갑판을 뒤덮은 파도와 험한 바람 속인데 이 별세계는 자궁 속 같다. 하얀 김이 나는 커피와 나를 환대하는 두 얼굴, 황량하던 속이 자연스런 삼각 구도 속에서 고소한 커피와 더불어 데워진다.

이곳은 여자의 자궁 속 같군요.

안온하다는 의미가 아니라, 철판이라는 외피에 둘러싸여 파이프 라인에 핏줄처럼 연결된 상황이 그런 연상을 하게 한다. 겹겹이 둘러싸여 창(窓)도 없이 바깥 세상과 완전히 단절된 것도. 그런가요. 의사 선생님이라 인체와 비유되는 모양입니다. 에어컨이 가동되고 방음시설이 된 컨트롤 룸엔 밖에 있는 기계의 제어장치와 수치를 표시하는 계기로 벽이 도배되어 있다. 무엇이든 막상 부딪히면 상상만 못하다던데 기관실은 아니다. 기계 숲에서 물 위를 떠도는 사람이 상상되지 않았는데 막상 눈으로 보니 더 특이하다. 기관실이 아주 깨끗하네요. 그러면서도 뭔가 망연한 느낌이었다. 특별한 심사일수록 평범한 말로 표현하는 게 좋을 것이다. 정말 깨끗하긴 하다. 정갈한 주부가 있는 집처럼 여기까지 오는 동안 굴러다니는 나사 하나, 휴지 조각 하나 보지 못했다.

기관장이 결벽증 환자거든요. 아주 사람을 잡아요.

사각턱의 기관부원이 투덜거린다. 결벽증은 무슨. 대신 기계에 대해서 완벽하게 배우잖아요. 3기사가 기관장을 두둔한다. 그래. 우리 기관장처럼 꼼꼼하고 철저하게 기술을 가르쳐 주는 사람은 없지. 그것도 밥 벌어먹는 영업비밀이라고 절대 안 가르쳐주는 상사가 더 많거든요. 치사하게도. 하지만 선생님. 배 고프다는 사람에게 밥을 줘야지 안 먹어도 된다는 사람까지 억지로 먹이고 양치질에 스케일링까지 시키면 좋겠습니까? 기관장이 웨이스 하나까지 제자리를 고집하니 기계라도 스트레스를 받겠더라고요. 두 사람의 실랑이가 나는 은근히 재밌다. 옷과 머리도 꾸들꾸들 마르고 커피도 고소하고 따뜻하다.

기계 사이에 있으면 가끔 사람이 그리워요. 특히 깊은 밤에 두 사람만 넓은 기관실을 지키면 나도 모르게 기계까지 사람으로 착각하기도 하고요. 인간이 그리워서요. 오늘처럼 바다가 험할 땐 차라리 나아요. 정신 바짝 차리고 긴장해야 하니까 착각할 틈이 없지요. 사각턱의 말이 어디까지가 진심이고 어디가 과장인지 모르겠다. 기계와 인간을 착각하다니. 아무리 그럴 리가. 어느 날은 기계가 말도 붙여 와요. 흥, 점검하는 척하면서 구석에서 토막잠 주무시는 거 다 알아요. 자고 나면 늘 그런 평계를 대시더라. 기계는 아무에게나 말을 걸지 않는다고요. 기관장님 경지 정도는 돼야 말을 알아들을 수 있는 거지. 3기사가 입을 비죽거린다. 경지 좋아하시네. 3기사가 아는 경지는 기관장의 경지밖에 더 있어? 우리처럼 이 배, 저 배 평생 떠돌아다닌 놈이 진짜 기계의 경지를 아는 거야. 기관장이야 실습선 두 척밖에 더 타 봤냐고. 이건 아이큐 높고 손재주 좋다고 책상에서 터득되는 게 아니야. 현장 감각이 있어야지. 천재도 소용없어요. 거 간판 보고 사람 평가하는 건 뭍인간들의 악습이라니까. 쯧쯔. 사각턱이 장갑과 안전모를 집어 들고 몸을 일으킨다. 한 바퀴 둘러봐야겠어요. 우리 기관실에는 인간 시계가 하나 있거든요. 근데 오늘은 어째 꼼짝을 안 하시네. 사각턱이 유리벽 너머를 흘깃거린다.

공주님! 순찰 돌고 오겠습니다. 거수 경례를 척 올려붙이고 문을 밀고 나간다. 인간 시계는 아무래도 기관장을 두고 하는 말 같다. 나도 일어난다. 근무 중인 3기사를 더 이상 방해해선 안 될 것 같다. 황천 중 항해는 긴장의 연속이라니 더더욱 그럴 것이다. 사람 좋아 보이는 사각턱이 있을 때 기관실을 둘러봐야겠다. 3기사가 빈 커피 잔을 챙기다 책상 서랍에서 귀마개를 꺼내어 내게로 건네준다. 선생님. 이거 드릴까요?

공작실을 발견한 건 우연이다. 3기사가 챙겨 준 귀마개를 꽂고 벽을 따라 돌았다. 각기 다른 기계들이 결국엔 비슷비슷하게 보일 즈음, 기관실의 제일 안쪽에 섀시로 만들어진 방이 나타났다. 얼핏 보기에 공구를 넣어 두는 창고 같은데 '공작실'이라는 명패가 붙어 있다. 향냄새 같은 게 났고 두 사람의 그림자가 공작실 안에서 어른거렸다. 촛불 같은 게 비치고 그다음, 나는 보았다. 열린 섀시 문틈으로 양복 입은 남자가 허리를 굽히는 것을. 마치 바닥에 엎드려 절을 올리는 것처럼 보였다. 이 깊은 바다의 기관실에서 제사를 드리는 건가. 의아했다.

상(床) 위에는 사과와 배, 곶감이 담긴 접시, 마른 포와 두어 가지 전이 올려져 있다. 쇠로 만들어진 공구 작업대 앞에 놓인 것은 분명 제사상이다. 감색 양복을 입은 사내는 다시 한 번 절을 올리고 반절을 한 후 무릎을 꿇고 허리를 숙인다. 마치 고인과 대화를 나누는 것처럼. 파수꾼 같이 돗자리 뒤편을 지키고 앉은 사람은 어라, 볼칸이다. 그제야 나는 제주(祭主)가 기관장이라는 걸 알아차린다.

날짜변경선

어떻게 알고 오셨어요? 쏜, 샘님.

볼칸이 신기하다는 얼굴로 묻는다. 정말 몰랐다고, 빈손이어서 미안하다며 기관장에게 고개를 숙인다. 기관장이 고개를 저으며 술잔을 내민다. 서너 잔의 정종을 명태전과 육포로 나누어 마신 후에야 그가 입을 연다. 이제 삼 년째입니다. 삼년상이라도 해야 한다고 어머니가 하도 우기셔서…. 말끝을 맺지 못한 기관장이 코끝을 문지른다. 나는 슬그머니 귀마개를 빼 호주머니에 넣는다. 어머니는 평생 꼿꼿한 분이셨어요. 기관장의 목소리가 눅눅하다. 아버지의 비보(悲報)를 듣고도 의외로 덤덤하셨지요. 마치 오래전부터 기다리고 있던 사람처럼, 아니 미루어 왔던 채

무의 변제를 이제야 요구받은 사람처럼 받아들이더군요. 그는 기가 센 어머니의 보호 아래, 바다를 떠도는 가장의 부재를 모르고 자랐다. 아버지의 사고 소식을 접하고도 솔직히 크게 슬프지도 않았다. 어릴 때부터 공부도 곧잘 했고 어머니의 지극한 편애에 싸여, 가끔씩 집으로 오는 아버지가 어린 마음에 불편한 적도 있었다. 어머니를 점령하고 자신의 소왕국을 흐트리는 아버지에게 깊은 정을 느끼지도 못했고, 장성해서는 사귀던 아가씨와 결혼할 예정이라 더 아버지와 소원했다. 그런데 엉뚱한 곳에서 문제가 터졌다. 아버지의 사십구제(祭)도 끝나기 전에 어머니가 말문을 닫아 버린 거였다. 처음에는 지아비의 사고로 인한 우울증이려니 했다. 그러나 어머니는 입을 열지 않고 먹지도 않았다. 약혼녀가 달려왔다. 어머니의 사랑을 듬뿍 받던 그녀는 예비 시어머니가 좋아하던 능성어와 생선초밥, 전복죽을 싸들고 와 어머니의 단식을 깨뜨리려 했다. 그러나 어머니는 그리 예뻐하던 예비 며느리까지 외면하고 싸늘하게 돌아누웠다. 당황해서 어쩔 줄 모르는 그녀를 돌려보내고야 기관장은 사태의 심각성을 알았다. 어머니를 강제로 일으켜 병원에 모시고 가기로 했다.

병원?

아들의 손을 뿌리친 어머니가 며칠 만에 입을 열었다. 그런데 말문이 트인 어머니의 첫마디가 비웃음이었다. 지금껏 아들에게 한 번도 그런 태도를 보인 적이 없었다. 그래 네 아버지, 그

불쌍한 양반은 이제 제삿날도 없는데 우리들은 따신 방에서 이 싱싱한 날것을 쩝쩝거리며 먹자고? 차가운 빈정거림은 평소 어머니의 스타일이 아니었다. 그는 어이가 없었지만 어머니의 말뜻은 알아들었다. 아버지의 사고가 나던 날, 아버지가 탄 배는 날짜변경선을 넘어섰다고 들었다. 사고 후 도착한 아버지의 유품에서 작업복과 외출복, 안경, 지갑, 핸드폰 사이에 기름때 묻은 일기장이 나왔고 그 유품을 건네받은 후 어머니는 입을 봉하고 드러누운 거였다.

　　어제가 5월 17일이었는데 오늘도 5월 17일이다. 이쪽으로 달리면 뱃놈은 나이도 먹지 않겠다. 시간이 빨리 갔으면 좋겠다. 키를 반대로 돌려 우리나라보다 시간이 빨리 가면 좋겠다. 그런데 이놈의 배는 시간을 거꾸로 달린단다.
　　아들에게 여자가 생겼다. 조금만 더 견디면 된다. 배를 내리면 바닷가 집에서 손주와 여생을 보낼 것이다. 그게 내 소원이다. 노인과 바다. 나는 이 말이 좋다. 누가 만들었는지 내 꿈을 나타낸 말이다. 틀림없이 우리 아들처럼 공부를 많이 한 박사들이 지어낸 말이렷다.
　　아들이 아기를 낳아 오면 얼마나 기쁠까. 손주와 바닷가에서 놀 생각을 하면 이 유황불 같은 기관실도 고맙다. 이곳이 아니라면 아무런 재주도 없는 내가 어떻게 돈을 벌어 아들을 공부 시켰을까. 아들은 박사다. 구 박사. 우리 집안의 영광. 마누라는 내가 번 돈을 피같이 아껴 아들을 박사로 만들었다. 기관장이 또 성질을 부리며 내려온다. 무슨 트집을 잡을지 상판만 봐도 징그럽다. 다 떨어진 기계를 교체해 줄 생각은 안 하고 회사에 아부하면서 기름이나 뒤로 빼돌리는 인간이 우리만 족쳐 댄다. 그런데 배까지 복장 터지게 어제로, 지나간 시간으로 내빼다니. 아이고야.

손주에게는 물에 뜨는 걸 가르쳐 주고 배도 만들어 줄 거다. 처음에는 조개 배, 나무배, 모래 배겠지. 기관실이 답답하면 태어날 손주 생각을 한다. 하하하. 그러면 참을 수 있다. 아니야. 눈알이 머루 같은 손녀도 좋지. 손녀에게는 휘파람을 불어 줘야지. 해명을 들려주는 거지. 손녀는 눈을 동그랗게 뜨고 무슨 소리냐고 묻겠지. 귀신소리라고는 할 수 없고. 음, 멀리서 온 바다 소리라고 하면 되겠다. 이 할아비처럼 너를 보고 싶어서 온 바다의 소리라고. 멋지다. 여편네는 소주와 매운탕을 푸지게 준비하렷다.

아버지의 마지막 일기다. 어머니는 기름때가 얼룩진 종이에 거친 글씨로 메워진 메모장 같은 걸 껴안고 새우처럼 몸을 말았다. 아버지가 출항하면 부두에서 꿋꿋하게 떠나보내고, 배가 시야에서 사라지고야 치마폭으로 바람을 가리며 나를 챙기던 어머니였다.

어쩔테냐?

어머니가 그를 노려보았다. 내 이런 마음으로 네 혼사 준비를 할 수가 없다. 이날 이때까지 뱃사람에게 시집온 걸 운명으로 여기고 살았지만, 네 아버지를 제삿날까지 없는 양반으로 만들 수는 없다. 엄니! 기관장은 소리쳤다. 그게 어째서 제삿날이 없는 거예요. 물론 뭍에서는 바다처럼 중복된 5월 17일은 없지만 현지 시간으로 환산한 날로 치면 돼요! 그가 진작부터 설명했었다. 어머니의 억지 고집에 그는 짜증이 솟았다. 안 된다. 삼년 제사라도 제날을 찾아 해야겠다. 어떻게요? 그가 따지자 어머니가 그를 물리쳤다. 건방진 놈! 에미를 가르치려 들지 마라. 그러고는 당신이 바다로 나가 삼년상을 지내고 오겠다고 했다. 기관장은 머릿속이 하얘지면서 이 노친네가 미쳤구나, 하고 생각했다. 옛날에는 삼 년 시묘살이를 했다는 말과 함께손을 들어 방 한 귀퉁이의 상을 가리켰다. 제발 저 상부터 치워라. 약혼녀가 차려 놓은 예비 시어미를 위한 산해진미였다. 누리하게 빛을 잃어 가는 능성어와 전복죽, 생선초밥이 차려진 상을 가리키는 어머니의 눈이 원망으로 붉게 물들었다.

너는 정녕 저런 바다 생물을 보고 아무렇지도 않느냐?

신음 같은 목소리는 심하게 갈라져 다른 사람처럼 낯설었다. 깊은 바다에서 울려 나오는 것처럼 선득하기도 했다. 어머니의 얼굴에 신 내린 무당 같은 귀기(鬼氣)가 서렸다. 기관실에서 죽어간 아버지의 비명과 공포가 빙의되는 것인가. 기관장은 오싹했다. 내게는 저것들이 네 아비의 살과 피로 보인다. 어머니가 숨을 헐떡이며 가까스로 말을 밀어냈다. 그 길로 기관장은 바다로 왔다. 결혼은 연기되고 그의 항해가 길어지면서 약혼녀의 연락은 뜸해졌다. 기관장이 한숨을 쉬며 긴 이야기를 마무리한다.

이제는 돌아가도 되겠네요.
무슨 말을 할 것인가. 가슴이 먹먹하고 겨우 꺼낸 위로가 내 귀에도 궁색하다. 아니, 아니요. 아직 돌아갈 생각 없어요. 기관실에 들어오고야 아버지를 만난 것 같은데요. 별로 정도 없고 은근히 부끄럽던 아버지였고 새로 만난 지 이제 겨우 삼 년인데요. 볼칸이 공구대 뒤로 가, 종이 박스 하나를 들고 온다. 비닐봉지와 노끈 같은 게 보인다. 제수 음식을 정리하려는 모양이다. 참 우습지요. 뱃놈에 대한 열등감 때문에 아들을 박사까지 공부시킨 부모님이… 말짱 도로묵이 되었어요. 허허롭게 기관장이 웃는다. 그 허허로움이 허망한 게 아니라 선하고 편해 보인다. 아버지 덕분에 나는 또 하나의 눈을 얻었어요. 기계를 보는 눈이요. 아직 못 보는 게 더 많지만. 기관장이 뒷머리를 끄적이고, 볼칸이 가져온 종이 박스에서 비닐 봉지를 꺼내 조촐한 제사상에서 사과 접시를 내리려 한다. 잠깐. 나는 볼칸을 제지한다.

실례가 아니라면 저도 고인께 술 한잔 올리고 싶습니다.

어째서 그런 말이 나왔을까. 사실 제사의 예법에 나는 어둡다. 아버지가 집안의 막내인 데다 나이롱 기독교 신자라 제사에 참여할 기회가 없었다. 기관장이 나를 본다. 담담하고 처연한 눈에 맑은 습기가 스민다. 그가 고개를 한 번 끄덕이더니 제사상 앞으로 다가가고 볼칸이 돗자리 뒤로 물러난다. 아버지. 손님이 오셨습니다. 멀리서 오신 분입니다. 오늘은 좀 덜 외롭습니다. 가슴이 찌르르 울린다. 기관장이 부어 주는 술을, 잔을 돌려 올리고 절을 드린다. 한 번, 두 번 그리고 마지막 반절. 얼굴도 모르는 수중고혼이여. 차가운 바다에 누운 이여. 저 세상 아니, 이 넓은 물의 바다에서 부디 평안하소서. 절로 간절한 마음이 되는데 동시에 어떤 회한 같은 게 차오른다. 슬프고 아름다운 영혼이여. 나를 살펴 주소서. 욕심 많고 어리석은 나를 용서하소서. 이 가련한 후세를 살펴 주소서.

사이렌의 소리

스탠바이.

잠을 깬 것은 마이크 소리 때문이다. 어떤 여자의 목소리가 의식 바깥을 두드린다. 비몽사몽 간에 현창 커튼을 들치자 파도가 하얗게 따라오고 있다.

오올 스테이션. 오올 스탠바이!

낭랑한 2항사의 음성이 쩌렁쩌렁 배 안을 흔든다. 벌써 필리핀 마닐라 항에 도착했나. 창밖이 대낮처럼 환하다. 얼마나 잠을 잤는지 모르겠다. 출항 후 처음으로 깊은 잠을 잤다. 기관실에서 돌아왔을 때 몸이 보숭보숭 말라 있었다. 축축하고 허기졌던 마음도 옷처럼 꼬들꼬들 말라, 나는 내 방으로 돌아오자마자 침대로 기어들었다. 방 안의 집기가 흔들리건 말건 상관없었다. 발 받침대용으로 괴던 담요까지 펼쳐 이불을 이중으로 만들고, 옷도 갈아입지 않은 채 잠으로 떨어졌다. 동굴 속으로 기어들 듯 참으로 깊고 달콤한 잠이었다. 갑판장이 내 방 현창 앞을 지나간다. 뒤이어 두 사람의 갑판부원이 따라가고, 주황색 구명조끼를 입고 흰색 안전모를 쓴 사람도 달려간다. 무슨 일인가. 바깥이 심상찮다. 그러고 보니 배의 속력이 뚝 떨어져 있다. 이불을 차고 밖으로 나간다. 날은 완전히 개이고 갑판에 사람들이 모여 있다. 1항사는 무전기까지 들고 선수에 있고 폭슬(forecastle) 주위로 사람들이 모여 있다. 대규모 작전이라도 벌어진 모양새다. 박 교수와 볼칸, 무전기를 든 기관장도 보인다. 잠이 확 깨면서 현장으로 달려간다. 사람들이 밑을 내려다보고 웅성거리는 곳에 하얀 요트 한 척이 비스듬히 넘어가 있다. 조난선이다.

데드스로우… 미드쉽(midship).

1항사의 무전기에서 브리지 선장의 오더가 들려온다. 요트의 갑판에 노란 머리 외국인이 애타는 몸짓으로 갑판을 향해 손을 휘젓는다. 학생들은 상갑판에 모여 웅성이고 볼칸이 갑판 위에서 조난자와 대화를 시도하느라 소리치고 있다.

조난 신호가 들어왔어요. 미국 배라는데 어제 파랑에 변을 당한 것 같아요.

헬멧을 쓰고 있는 박 교수에게 다가가자 배의 3시 방향으로 기울어진 요트를 손짓한다. 갑판장이 다른 갑판부 선원들과 선수창고에서 꺼내 온 파이럿 사다리를 갑판에 설치한다. 출항 때 도선사를 태우던 줄사다리다. 선체 외벽에 내려뜨린 사다리가 출렁출렁 흔들리며 내려간다. 라인맨이 선수의 비트 곁에 사려 둔 줄 옆에서 히빙라인의 끝을 짧게 돌리며 대기한다. 조금 전 내 창 앞을 달려가던 사람이다. 배가 천천히 멈추어 선다. 사방엔 배 한 척 없고 시퍼런 바닷물만 세차게 넘실거린다. 선장의 명령을 1항사가 복창하는데 무슨 말인지 알기 어려웠다. 요트의 미국인이 캐빈으로 내려가자 구명조끼를 입고 헬멧을 쓴 라인맨이 본격적으로 줄을 횡횡 돌린다. 허공을 가른 줄이 드디어 요트의 마스트를 한 바퀴 감고 갑판 위로 정확하게 떨어진다. 와아! 상갑판의 학생들이 환호한다. 미국인이 요트의 갑판으로 올라와 떨어진 줄을 주워 마스트에 고정하자, 엔진을 정지한 두 배가 조금씩 다가가 옆으로 붙는다.

구명조끼를 입은 선원 한 사람이 파이럿 사다리를 타고 요트로 내려간다. 요트의 갑판 위로 뛰어내려 손을 한 번 들어 보이는 사람은 뜻밖에도 어제 기관실에서 본 사각턱 부원이다. 반갑다. 사각턱은 요트의 뒤편으로 건너가 헤치를 열고 밑으로 사라진다. 기관을 점검할 모양이다. 기관장이 무전기에 대고 지시를 내리지만 전문 용어에다 바람 소리 때문에 암호처럼 들린다. 갑판 위 미국인과 소리치느라 정신없는 볼칸에게 다가간다.

환자가 있내요. 캐빈 안에 부상자가….

나를 보고 볼칸이 다급하게 설명한다. 안 그래도 미국인이 밑에서 입나발을 만들어 소리치는 걸 들었다. 플리즈… 마이 와이프… 닥터…! 사각턱의 기관부원이 후미갑판에서 올라오더니 이번에는 캐빈으로 내려간다. 미국인도 얼른 따라 선실로 내려간다. 기관장의 무전기가 삑삑거린다. 통신기 고장, 기관 카플링 고장, 캐빈에 부상당한 환자 있음. 우측 다리 골절 긴급 의사 지원 요망. 기관부원의 보고가 기관장의 무전기로 새 나온다.

카플링부터 수리하라. 통신기 기종을 확인하여 보고하라. 로저.

기관장이 지시하자 브리지 선장의 명령이 삑빅거리는 하울링(howling) 사이로 흘러나온다. 의사는 내려보낼 수 없다. 닥터는 민간인이다. …위험 … 1항사 … 내려 … 환자 상태 보고하라. 로저. 아우성과 바람 소리, 함성, 고르지 않은 통신음, 두둑거리는 교신의 와중에도 제각기 흩어진 뼈를 보고 전체 윤곽을 그려낼 수 있듯이 끊겨진 각기의 통신 내용이 조금씩 연결된다. 의사의 본능이다. 1항사가 줄사다리를 타고 요트로 내려간다. 그의 몸이 위태롭게 흔들리다 용케 요트 갑판으로 내려선다. 비틀거리며 중심을 잡자 지켜보던 학생들이 안도의 함성을 지른다. 그도 캐빈으로 더듬어 내려간다.

저 사람, 와이프의 다리가 부러졌대요. 데릭 붐에 맞았나 봐요. 볼칸이 주절거린다. 어쩌자고 나는 바다로 왔을까. 무엇을 안다고 배를 탔을까. 손에 땀이 차오르고 기관장의 무전기에 내 귀는 안테나처럼 곤두선다. 응급조치 불가… 닥터… 헬기… 로저! 심장이 둥둥거린다. 바닷물이 심장으로 들어오는 것 같다. 내가 저 사다리를 타고 내려갈 수 있을까. 하이커우 항의 차도에서조차 꼼짝 못했던 나다. 이런 일이 있으리라곤 상상도 못했다. 파도에 요트가 휘청거린다. 선장의 말처럼 나는 해상에 무지한 민간인이라 내 안전을 지키는 게 우선이다. 시커먼 바닷물이 눈을 파고든다. 파랑경보는 해제되었어? 예쓰! 어젯밤에 의사, 쏜생님 제사하고 나서 해제되었어요. 볼칸이 냉큼 대답한다. 그래. 어제의 일이 꿈만 같다. 어제 제사를 올리던 간절한 나는 지금 어디에 가 버린 건가.

1항사가 사다리를 타고 올라오자 요트가 한쪽으로 기울어진다. 갑판의 학생들이 우우, 신음을 토하고 미국인은 놀라 갑판 위로 납작 엎드린다. 사다리가 무서우면 구명정을 내려 달라고

하세요. 볼칸이 내 귀에다 소근거린다. 구명정? 한 번도 타 본 적 없는 구명정이다. 갑판으로 올라온 1항사가 박 교수에게 다가가고 두 사람은 한 덩이가 된 듯 심각하다.

의사 선생님!

드디어 상의가 끝났는지 1항사가 나를 찾는다. 가슴이 내려앉는다. 마지못해 고개를 들다 사람들 사이에 있던 3기사와 눈이 마주친다. 그녀는 진작부터 나를 주시했던 모양인지 나를 보는 시선이 찬찬하다. 마치 나도 모르는 내 속을 들여다보는 것만 같다. 공원의 잡상인들에게 둘러싸여 흥정을 하고, 존 해리슨을 말하던 3기사가 아니다.

카플링 수리 완료. 카플링 수리 완료. 이제 통신기를 수리하라. 통신기 수리 불가 시 기종 확인 보고하라. 로저. 기관장의 오더가 떨어진 후 요트에서 엔진 걸리는 소리가 나더니 기울어진 요트가 천천히 몸을 세운다. 요트의 양쪽 갑판으로 바닷물이 하얗게 쏟아지며 마스트를 직립으로 세운 선체가 푸르르 일어난다. 상갑판의 학생들이 소리를 질러 댄다.

저건 파이럿의 사다리가 아니라 '야곱의 사다리'여. '야곱의 사다리'. 일단 타고 내려갔다 하면 복음이랑게. 복음! 1갑원이다. 그는 진작부터 선원들에게 둘러싸여 현장을 중개하는 해설자 같다. 야곱의 사다리가 뭔지 아능겨? 그건 말이여…. 정말 아는 것도 많은 사람이다. 그건 구름 사이로 해가 사다리처럼 비추는 것인디. 그게 무슨 뜻이냐면, 요셉의 꿈에 나타나 하늘과 땅을 연결한 구원의 사다리란 말이지. 나도 처음 듣는 얘기다. 1갑원에게 둘러싸인 선원들을 헤치고 3기사가 다가온다. 1항사도 삑삑거리는 무전기를 들고 뛰어온다.

간호사가 필요하면 제가 지원할게요.

3기사가 내 눈을 들여다본다. 머리 속이 지잉, 운다. 내 입에서 안 된다는 말이 나오지 않는다. 하이커우 항에서 걷자고 우기던 때처럼 나는 이번에도 그녀를 이기지 못한다. 의무실에서 왕진 가방 가져올게요. 닥터 오케이. 3기사의 뒤로 다가온 1항사가 선장에게 보고한다. 바람 소리, 파도 소리, 삑삑거리는 잡음 사이로 선장의 '로저'란 종결음만이 왕왕거린다. 갑판장이 어디선가 노란 구명조끼와 안전모를 가지고 달려오고 3기사는 왕진 가방을 가지러 의무실로 뛴다. 기관장이 내게 엄지 손가락을 세워 보인다. 밤의 항구로 흩어지던 3기사의 포도주 향 나던 목소리가 떠오른다. 샤워를 하던 아내, 얼굴도 모르는 기관장의 아버지가 나를 보고 있는 것 같다. 갑판장이 다가와 내게 구명조끼를 입혀 준다. 내가 조끼의 후크를 더듬어 채우자 갑판장이 밑으로 늘어진 벨트를 주워 재빨리 허리에 조여 준다. 무전기도 없는 내가, 소리 없이 응답한다. 로저! 알았다고. 지나온 시간이 날짜변경선을 넘는다.

—

해도, 계절풍, 누선(樓船), 지문항법, 천문항법, 용골, 표착, 뗏목, 천문생(天文生)….

바다에서의 고통과 혼란, 욕망과 좌절, 꿈과 도전이 스며 있는 단어들이다. 지구의 긴 시간에 잠깐 나타났다 사라진 뱃사람들의 그림자가 별같이 녹아 있는 단어를 나는 더듬고 있다. 그 그림자에 의미를 주거나 비판하거나 평가하는 건 엄두도 못 낼 일, 다만 그들의 혼란에 가까워지고 싶을 뿐이다.

나의 주변에는 바다로 가는 사람들이 있다. 바다에서의 삶은 때로 그들의 의지나 선택 밖의 일처럼 보이기도 한다. 내가 원해서 이 세상에 태어난 것이 아니듯 그들도 바다를 선택해 바다에서 사는 게 아닌 것 같을 때가 많다. 어쩌다 보니 바다를 택해야 하는 환경에 태어난 것 같았다. 나도 그런 사람 중의 한 사람이고, 아마 당신도 그럴 것이다. 당신이 알든 모르든 간에.

옛날 발해에서 항해를 할 때는 반드시 배에 천문생(天文生)을 태웠다고 한다. 방향표시기와 해도를 가지고 뱃길을 끌어주던 항법사를 천문생이라 했는데, 내게는 별 같은 이런 단어들이 천문생인 셈이다. 내가 탄 배는 과연 소설의 어느 기슭에 닿을까.

태풍 찬홈(CHAN-HOM)으로 처지고 덩이진 하늘이 아주 가깝게 내려와 있다. 나의 항해는 항구나 벗어난 건지 알 수 없지만, 두 번째 소설집으로 짧은 안부를 전한다. 나는 아직 항해 중이며 그닥 길지 않은 시간 후에 세 번째 소설집으로 다시 만날 것을 약속드린다. 책이 나오기까지 도와주신 모든 분들께 깊이 감사드린다.

2015년 7월
유연희

날짜변경선

초판 1쇄 발행 2015년 7월 31일

지은이 유연희
펴낸이 강수걸
편집장 권경옥
편집 양아름 문호영 정선재
디자인 권문경 박지민
펴낸곳 산지니
등록 2005년 2월 7일 제14-49호
주소 부산광역시 연제구 법원남로15번길 26 위너스빌딩 203호
전화 051-504-7070 | 팩스 051-507-7543
홈페이지 www.sanzinibook.com
전자우편 sanzini@sanzinibook.com
블로그 http://sanzinibook.tistory.com

ISBN 978-89-6545-309-3 03810

* 책값은 뒤표지에 있습니다.
* 이 책은 2013년도 한국문화예술위원회 '아르코문학창작기금'을
지원받아 발행되었습니다.
* 이 도서의 국립중앙도서관 출판예정도서목록(CIP)은 서지정보유통지원시스템
홈페이지(http://seoji.nl.go.kr)와 국가자료공동목록시스템(http://www.nl.go.kr/
kolisnet)에서 이용하실 수 있습니다. (CIP 제어번호: CIP2015019464)